《比红儿诗》注

（唐）罗 虬/原著

马曙明/注

九 州 出 版 社

JIUZHOUPRESS

图书在版编目（ＣＩＰ）数据

《比红儿诗》注 /（唐）罗虬原著；马曙明注 . --
北京：九州出版社，2021.9
ISBN 978-7-5225-0437-7

Ⅰ . ①比… Ⅱ . ①罗… ②马… Ⅲ . ①唐诗–注释
Ⅳ . ①I222.742

中国版本图书馆 CIP 数据核字(2021)第 172589 号

《比红儿诗》注

作　　者	（唐）罗虬　原著　马曙明　注
责任编辑	姬登杰
出版发行	九州出版社
地　　址	北京市西城区阜外大街甲35号（100037）
发行电话	（010）68992190/3/5/6
网　　址	www.jiuzhoupress.com
印　　刷	杭州万星印务有限公司
开　　本	880毫米×1230毫米　　　32开
印　　张	5
字　　数	80千字
版　　次	2021年9月第1版
印　　次	2021年9月第1次印刷
书　　号	978-7-5225-0437-7
定　　价	46.00元

前　言

　　临海,这座位于东海之滨的山海水城,集深厚历史底蕴、江南秀丽山水、现代繁荣昌盛于一体,是前三批中国历史文化名城中浙江省唯一的县级市。这里钟灵毓秀,人文荟萃,在数以千年计的时光里,无数的文人墨客流连于此,留下了许多传颂不息的诗词歌赋。仅有唐一代,就有骆宾王、杜甫、郑虔、顾况等大家,为临海留下了美丽诗篇。骆宾王更是写下了开启浙东唐诗之路的《久客临海有怀》。

　　在这些诗家中,罗虬是一个不可忽视的存在。

　　罗虬,唐末临海人。生卒年不详,约唐僖宗乾符初前后在世。据史料记载,罗虬曾累举不第,功名愿未偿。后因遭兵乱而依附鄜州李孝恭。在唐咸通、乾符年间以诗闻名,与罗隐、罗邺并称"三罗"。其诗词藻富赡,其人狂宕不羁。曾因歌伎杜红儿与人龃龉不忿,杜红儿死后,罗虬为表追念之思,取历史上才貌品德兼备的女性,作绝句一百首,以比杜红儿,题作《比红儿诗》,收入全唐诗(卷666-1),盛传于世。

　　在唐代,以歌伎为题材的诗作并不少,但像《比红儿诗》这样的百首组诗则罕见。罗虬在自序里写道:"'比红'者,为雕阴官伎杜红儿作也。美貌年少,机智慧悟,不与群辈伎女等。余知红者,乃择古之美色卓然于史传三数十辈,优劣于章句间,遂题'比红诗'。"全诗运用"尊题格"的修辞法,选择了不同历史时期的知名女性人物作为对比,极尽溢美之词来刻画杜红儿的魅力,可谓独此一家。罗虬对杜红儿的深情厚谊在诗句中表现得淋漓尽致,而诗中典故运用及文采风流也是同时代诗人鲜有比肩的。

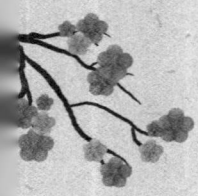

罗虬把"尊题格"这种修辞法运用到了极致,其在艺术上的成就也备受后人推崇。"尊题"是唐诗中的炼句之法。诗人为了追求情感抒写的极致,在比红儿诗句中,就以每个个性不同的人物形象对比,强化艺术魅力,别具匠心地营造一种氛围,来映衬人与人或物与物之间的关系,在比红儿百首诗中以贬抑的方式,达到褒扬的目的,这种"弱彼以强此"的句法,即是"尊题",也叫"尊题格"。

诗有真情,诗为记事,以诗存史。罗虬《比红儿诗》的文学价值和历史价值之宝贵,值得被研究与关注。

本书力求品与读并重,除了对原诗进行字与词的注释,还对诗中的典故逸事和历史背景进行了考据和解读,使诗文的内涵更加清晰明了,也便于读者更好地理解诗意,体会诗情,感受诗人的悲悯与追思。书中的词语注释与典故赏析,主要参考了正史文献,还有一些是从地方史料和文人笔记中发掘,尽量做到完善。然而限于时间与精力,其中难免有许多不尽如人意的地方,有待方家指正。

马曙明

2021 年 5 月

目 录 一

CONTENTS

其一

姓字看侵尺五天，

芳菲占断百花鲜。

马嵬①好笑当时事，

虚赚明皇②幸蜀川。

【注释】

①马嵬：指马嵬驿，现陕西省兴平市西约十一公里处。

②明皇：指唐玄宗李隆基。

 逸 事 典 故

天宝十四年（755年）十一月初九，安禄山联合史思明借口讨伐杨国忠发动叛乱，史称安史之乱。天宝十五年（756年），叛军攻破长安门户潼关。次年唐玄宗逃至马嵬驿（今陕西兴平市西北二十三里），途中将士饥疲，六军愤怒，陈玄礼等随行将士处死宰相杨国忠，并请求玄宗杀死杨贵妃。高力士劝说玄宗保军心安定，杀死杨贵妃。玄宗忍痛命令高力士在佛堂缢死杨贵妃，史称"马嵬驿兵变"。

诗句以马嵬驿兵变来隐喻杜红儿之冤死。

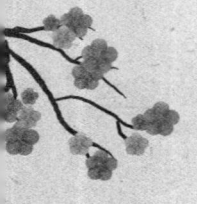

其二

金谷园^①中花正繁，

坠楼从道感深恩。

齐奴^②却是来东市^③，

不为红儿死更冤。

【注释】

①金谷园：西晋石崇的别墅，遗址在今洛阳。《晋书·石苞传》载："崇有别馆在河阳之金谷，一名梓泽，送者倾都，帐饮于此焉。"

②齐奴：石崇小名。

③东市：洛阳城地名，石崇被斩于东市。

逸 事 典 故

　　诗中的"金谷园、坠楼、齐奴"之句，说的是西晋开国元勋石苞的第六子石崇。石崇因生于青州，故小名叫齐奴。石崇有勇有谋，精通音律，多才多艺，甲富一方。他谱"明君之歌"，教"忘忧之舞"，能自己设计美姬的服饰及园林景观。石崇曾为解绿珠思乡之情，设计建造了一座极其奢华的"金谷园"。他曾和当时的名士左思、潘岳等二十四人结成诗社，号称"金谷二十四友"。

　　绿珠，据说原来姓梁，生在广西白州境内的双角山下（今广西博白县浪平镇）。石崇外放交趾的时候，以珍珠十斛买到了她，故取名绿珠。传说中的绿珠善吹笛，善舞《明君曲》，聪颖脱俗，妖媚动人，温柔体贴，善解人意。石崇有众多姬妾，对她特别宠爱。后孙秀因索要绿珠不成，便诬陷石崇谋反。士兵到达金谷园时，石崇见大势已去，对绿珠说："我因你获罪，奈何？"绿珠流泪道："妾当效死君前，不令贼人得逞！"遂坠楼而亡。绿珠以性命相报，石崇也终未能在东市免一死。

其三

陷却平阳①为小怜②，

周师③百万战长川④。

更教乞与红儿貌，

举国山川不值钱。

【注释】

①平阳：平阳城，今山西省临汾市。

②小怜：冯淑妃。北齐后主高纬的嫔妃。

③周师：北周军队。

④长川：指涑川，今山西西南部黄河支流涑水河地区。

逸事典故

　　冯小怜，北齐后主高纬的妃子。《隋书》记载："齐后主有宠姬冯小怜，慧而有色，能弹琵琶，尤工歌儛。"《北史》记载："慧黠能弹琵琶，工歌舞。"冯小怜原是穆皇后身边的侍女，穆皇后失宠之后，将她进献给高纬，想挽回以往的宠幸。不料，高纬一见冯小怜，惊为天人，深为宠爱。后封冯小怜为淑妃。

北周建德五年(576年),北周军队攻打平阳城,晋州危急。此时,高纬正和冯小怜在三堆(又作天池)打猎。晋州告急,高纬闻报大惊,准备回去援救,可此时冯小怜余兴未尽,要求高纬再围猎一次,高纬竟依从了她的要求。同年十一月,等高纬抵达晋州时,城池已将失陷,于是高纬令士兵挖地道向城里发起攻击,却又在关键时刻下令暂停,等候冯小怜前来观战。又因冯小怜要在城西圣人遗迹上观看,高纬担心弓箭伤及冯小怜,竟下令将攻城的木头抽去造桥,便于冯小怜观战,最终贻误战机。

成语"玉体横陈",说的就是冯小怜的故事,出自唐代诗人李商隐的诗《北齐二首》中的"小怜玉体横陈夜,已报周师入晋阳"。民间传说,冯小怜漂亮至极,高纬常常把冯小怜拥在怀里或把她放在膝上,跟大臣商量议事,弄得大臣常常尴尬无比。高纬还突发奇想,认为像冯小怜这样可爱的人,无人知晓,未免暴殄天物,如能让天下的男人都能欣赏到她的玉体岂不是美事?于是就让冯小怜裸体躺在朝堂的一张案几上,让大臣们排着队付钱来观赏美色。

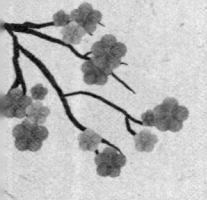

其四

一曲都缘张丽华^①，

六宫齐唱后庭花^②。

若教比并红儿貌，

枉破当年国与家。

【注释】

①张丽华，南北朝时期南朝陈后主陈叔宝的妃子。

②后庭花：原唐教坊曲，后用作词调名。张先名之为"玉树后庭花"。此调原为陈曲，陈后主作。

逸 事 典 故

《南史》记载："张贵妃，名丽华，兵家女也。父兄以织席为业。后主为太子，以选入宫。时龚贵嫔为良娣，贵妃年十岁，为之给使。后主见而悦之，因得幸，遂有娠，生太子深。后主即位，拜为贵妃。性聪慧，甚被宠遇。后主始以始兴王叔陵之乱，被伤，卧于承香殿。时诸姬并不得进，唯贵妃侍焉。而柳太后犹居柏梁殿，即皇后之王殿也。而沈皇后素无宠于后主，不得侍疾，别居求贤殿。

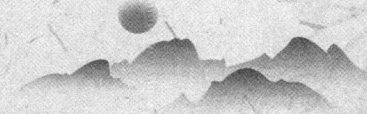

　　"至德二年（757年），乃于光昭殿前起临春、结绮、望仙三阁。高数十丈，并数十间。其窗牖、壁带、县楣、栏槛之类，皆以沉檀香为之。又饰以金玉，间以珠翠，外施珠帘。内有宝床宝帐，其服玩之属，瑰丽皆近古未有。每微风暂至，香闻数里；朝日初照，光映后庭。其下积石为山，引水为池，植以奇树，杂以花药。后主自居临春阁，张贵妃居结绮阁，袁、孔二贵嫔居望仙阁，并复道交相往来。又有王、季二美人，张、薛二淑媛，袁昭仪、何婕妤、江修容等七人，并有宠，递代以游其上。以宫人有文学者袁大舍等为女学士。后主每引宾客，对贵妃等游宴，则使诸贵人及女学士与狎客共赋新诗，互相赠答。采其尤艳丽者，以为曲调，被以新声。选宫女有容色者以千百数，令习而歌之，分部迭进，持以相乐。其曲有《玉树后庭花》《临春乐》等。其略云：'璧月夜夜满，琼树朝朝新。'大抵所归，皆美张贵妃、孔贵嫔之容色。张贵妃发长七尺，鬒黑如漆，其光可鉴。特聪慧，有神彩，进止闲华，容色端丽。每瞻视眄睐，光彩溢目，照映左右。尝于阁上靓妆，临于轩槛，宫中遥望，飘若神仙。才辩强记，善候人主颜色。荐诸宫女，后宫咸德之，竞言其善。又工厌魅之术，假鬼道以惑后主。置淫祀于宫中，聚诸女巫使之鼓舞。"

　　"时后主怠于政事，百司启奏，并因宦者蔡临儿、李善度进请，后主倚隐囊，置张贵妃于膝上共决之。李、蔡所不能记者，贵妃并为疏条，无所遗脱。因参访外事，人间有一言一事，贵妃必先知白之，由是益加宠异，冠绝后庭。而后宫之家不遵法度、有挂于理者，但求恩于贵妃。贵妃则令李、蔡先启其事，而后从容为言之。大臣有不从者，因而谮之，言无不听。于是张、孔之权，熏灼四方。内外宗族，多被引用。大臣执政，亦从风而靡。阉宦便佞之徒，内外交结，转相引进。贿赂公行，赏罚无常，纲纪瞀乱矣。及隋军克台城，贵妃与后主俱入井。隋军出之，晋王广命斩之于青溪中。"

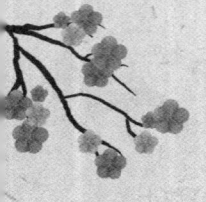

其五

乐营①门外柳如阴，

中有佳人画阁深。

若是五陵②公子见，

买时应不啻③千金。

【注释】

①乐营：起源于中国汉代的制度，是使幕宴乐的产物。

②五陵：汉代五陵指的汉朝的五个皇帝陵墓，分别是西汉开国皇帝汉高祖刘邦的长陵，汉惠帝刘盈的安陵，汉景帝刘启的阳陵，汉武帝刘彻的茂陵，汉昭帝刘弗陵的平陵。汉高祖九年（前198年），刘邦接受了郎中刘敬的建议，将关东地区的二千石大官、高訾富人及豪杰并兼之家眷大量迁往关中，伺奉长陵，并在陵园附近修建长陵县邑，供迁徙者居住。五陵的位置大概在距离长安城四十公里处，位于西安市西北。

③不啻：不止，何止。

其六

青丝①高绾②石榴裙③，

肠断当筵酒半醺。

置向汉宫④图画里，

入胡应不数昭君⑤。

【注释】

①青丝：黑发。

②绾：盘绕。

③石榴裙：是唐代年轻女子极为青睐的一种服饰款式。这种裙子色如石榴之红。

④汉宫：指汉代帝王宫室。

⑤昭君：即王昭君，名嫱，出生在西汉南郡秭归（今湖北省宜昌市兴山县），汉元帝建昭元年被选为秀女进宫。

逸 事 典 故

刘歆《西京杂记》记载："元帝后宫既多，不得常见，乃使画工图形，案图召幸之。诸宫人皆赂画工，多者十万，少者亦不减五万。独王嫱不

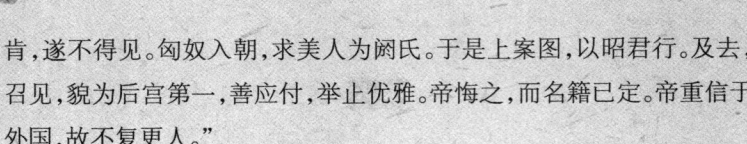

肯，遂不得见。匈奴入朝，求美人为阏氏。于是上案图，以昭君行。及去，召见，貌为后宫第一，善应付，举止优雅。帝悔之，而名籍已定。帝重信于外国，故不复更人。"

其七

斜凭栏杆醉态新，

敛眸①微盼②不胜春。

当时若遇东昏主③，

金叶④莲花是此人。

【注释】

①敛眸：敛目。

②盼：看。

③东昏主：古代废帝的封号之一。这里指的是南朝齐帝萧宝卷。

④金叶：黄金捶成的薄片。传说金叶莲花生长在王母娘娘的天池里。

《南史·废帝东昏侯本纪》记载，东昏侯"凿金为莲花以贴地，令潘妃行其上，曰'此步步生莲花也'。"潘妃脚小，步态轻盈，谓之步步生莲花，后来人们就用"金莲、金莲步、莲步、金试步、步金莲、步莲、步步金莲、铺莲慢踏、步衬潘娘"等词来形容美人的小脚，或称美人步态的佳美，亦用来指美人。

其八

匼匝①千山与万山，

碧桃花下景长闲。

神仙得似红儿貌，

应免刘郎②忆世间。

【注释】

①匼匝：周围环绕。

②刘郎：这里应指刘晨，东汉传说中的人物。

据刘义庆《幽明录》记载，汉明帝永平五年，剡县刘晨、阮肇共入天台山，迷不得返。经十三日，粮食乏尽，饥馁殆死。遥望山上有一桃树，大有子实，而绝岩邃涧，永无登路。攀援藤葛，乃得至上。各啖数枚，而饥止体充。复下山，持杯取水，欲盥漱，见芜菁叶从山腹流出，甚新鲜，复一杯流出，有胡麻糁。相谓曰："此知去人径不远。"便共没水，逆流二三里，得度山，出一大溪。

溪边有二女子，资质妙绝。见二人持杯出，便笑曰："刘、阮二郎捉向所流杯来。"晨,肇既不识之,[何]缘二女便呼其姓,似如有旧,乃相见而悉。问:"来何晚耶?"因邀回家。

其家筒瓦屋,南壁及东壁各有一大床,皆施绛罗帐,帐角悬铃,金银交错。床头各有十侍婢。敕云:"刘、阮二郎,经陟山岨,向虽得琼实,犹尚虚弊,可速作食!"食胡麻饭、山羊脯、牛肉,甚甘美。食毕,行酒,有一群女来,各持五三桃子,笑而言:"贺汝婿来。"酒酣作乐,刘、阮欣怖交并。至暮,令各就一帐宿,女往就之,言声轻婉,令人忘忧。

十日后,欲求还去。女云:"君已来是,宿福所牵,何复欲还邪?"遂停半年,气候草木是春时,百鸟啼鸣,更怀悲思,求归甚苦。女曰:"罪牵君,当可如何!"遂呼前来女子有三四十人,集会奏乐,共送刘、阮,指示还路。

既出,亲旧零落,邑屋改异,无复相识。问讯得七世孙,传闻上世入山,迷不得归。至晋太元八年,忽复去,不知何所。

其九

越山①重叠越溪②斜，

西子③休怜解浣纱。

得似红儿今日貌，

肯教将去与夫差④。

【注释】

①越山：今诸暨市的苎萝山、金鸡山二山脉。

②越溪：指西施浣纱之处。

③西子：指西施，本名施夷光，春秋时期越国美女，出生于越国句无苎萝村（今浙江省诸暨市苎萝村）。

④夫差：姬姓，吴氏，姑苏（今江苏省苏州市）人，春秋时期吴国君主吴王阖闾之子。

逸 事 典 故

公元前494年，吴王夫差击败越国，越王勾践退守会稽山（今浙江省绍兴南），受吴军围攻，被迫向吴国求和，勾践入吴为质。释归后，勾践针对吴王淫而好色的弱点，采用了大夫文种献的灭吴九策，而其中一种是美人计。勾践让范蠡巡访全国美女，于临浦苎萝山觅得西施。又花了三年时间，教以歌舞、步履、礼仪等，又给她制作华丽适体的宫装，方进献吴王夫差。夫差见西施大喜，随后又在姑苏城建造春宵宫，挖了个大池，在池中造了青龙舟，日日与西施戏水，又为西施建造了表演歌舞和欢宴的馆娃阁、灵馆等。西施擅长跳"响屐舞"，夫差又专门为她筑"响屐廊"，用数以百计的大缸，上铺木板，西施穿木屐起舞，裙系小铃，放置起来，铃声和大缸的回响声，"铮铮嗒嗒"交织在一起，使夫差如醉如痴，沉湎女色，不理朝政，终于走向亡国丧身的道路。成语"沉鱼之美""东施效颦"皆出自西施的故事。

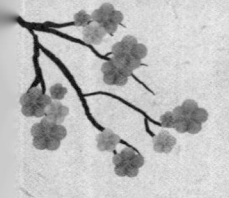

其十

诏下^①人间觅好花^②,

月眉云鬓^③选人家。

红儿若向当时见,

系臂^④先封第一纱。

【注释】

①诏下:皇帝下诏。

②觅好花:指皇帝选秀女。

③月眉云鬓:眉如弯月,发鬓如云。

④系臂:系臂之宠,讲的是晋武帝选美女以绛纱系臂的故事。

逸 事 典 故

《晋书·后妃传上·胡贵嫔》载,胡贵嫔名芳。父奋,别有传。泰始九年,帝多简良家子女以充内职,自择其美者以绛纱系臂。而芳既入选,下殿号泣,左右止之曰:"陛下闻声。"芳曰:"死且不畏,何畏陛下!"帝遣洛阳令司马肇策拜芳为贵嫔。帝每有顾问,不饰言辞,率尔而答,进退方雅。时帝多内宠,平吴之后复纳孙皓宫人数千,自此掖庭殆将万人,而并宠者甚众,帝莫知所适，常乘羊车，恣其所之，至便宴寝。官人乃取竹叶插户，以盐汁洒地，而引帝车。然芳最蒙爱幸，殆有专房之宠焉，侍御服饰亚于皇后。帝尝与之撄蒲，争矢，遂伤上指。帝怒曰："此固将种也！"芳对曰："北伐公孙，西距诸葛，非将种而何？"帝甚有惭色。芳生武安公主。

其十一

锋镝①纵横不敢看，

泪垂玉箸②正汍澜③。

应缘近似红儿貌，

始得深宫奉五官④。

【注释】

①锋镝，泛指兵器，也指战争。锋，刀刃。镝，带孔箭头，射出带有鸣响。

②玉箸：这里指眼泪，唐代胡曾《咏史诗·汉宫》云："明妃远嫁泣西风，玉箸双垂出汉宫。何事将军封万户，却令红粉为和戎。"

③汍澜：意思是泪疾流貌。

④五官：汉朝皇帝侍妾称号。元帝定妾媵位号，从昭仪起，分十四等。五官位于第十二等，禄秩相当于三百石官。《孔子家语·辩政》有载："齐君为国，奢乎台榭，淫于苑囿，五官伎乐，不解于时。"《汉书·元后传》载："公聘取故掖庭女乐五官殷严、王飞君等，置酒歌舞。"

其十二

金缕①浓薰百和香②，

脸红眉黛③入时妆。

当时便向乔家④见，

未敢将心在窈娘⑤。

【注释】

①金缕：指金缕衣。

②和香：简称"百和"。古人在室中燃香，取其芳香除秽。为使香味浓郁经久，又选择多种香料加以配制，因称为"百和香"。

③眉黛：古代女子用黛，青黑色的颜料画眉，所以称眉为眉黛。

④乔家：唐武则天时，左司郎中乔知之。

⑤窈娘：孙窈娘，乔知之婢女。貌美，善歌。

逸 事 典 故

孙窈娘出身于隋朝官宦世家，到了唐朝后，家道败落，但仍然继承了诗礼之家的风范，从小受到了良好的教育，知书达礼，能歌善舞。到了十五岁那年，孙窈娘被左司郎中乔知之看中，收养在府中，成了侍女。窈娘容貌

秀丽、清雅脱俗、歌喉婉转、舞姿飘逸，被乔知之视为掌上明珠。家中若有贵客嘉宾，便让窈娘表演歌舞，常常艳惊四座，博得诸人的赞赏，名声传遍了整个长安。

乔知之并没有把窈娘当侍女看待，反倒对她极为慈爱。乔知之原本打算替她选择一桩婚姻，但窈娘感念乔知之的知遇之恩，不愿意离开乔知之。在乔知之以后的宠爱中，两人之间的感情不知不觉地转化为恋情。为了报答乔知之的情意，窈娘曾经多次表示愿委身相待，而乔知之却因礼法所困犹豫不决。

长安城贵族豪门人士，听说窈娘之名，都来乔家想买窈娘为歌姬或侍妾，乔知之哪里舍得，从而得罪了京城里有权势的人物。那些人就把"乔家艳婢，美慧无双"的消息传到了武承嗣的耳中。武承嗣是武则天的亲侄儿，极受武则天的赏识，为人恃宠生骄，飞扬跋扈，不可一世，他生性好色，听说乔家有女如此，就派人到乔府索要窈娘。乔知之闻之，心里痛苦万分，对武承嗣非常畏惧，却又没有办法。最后武承嗣派来俊臣相逼，来俊臣以酷吏闻名，手段阴狠毒辣，杀人不眨眼，是个狠人。他劝说乔知之："一婢何足惜，倘若能因此讨得魏王的欢心……"乔知之无奈只好答应把窈娘送入武承嗣府中。

后来，乔知之思念窈娘过度，就写了一首诗，诗中把石崇与绿珠的事情作了隐喻，并把诗句写在一幅罗帕上，设法送到窈娘手上。孙窈娘读后，悲痛欲绝，泣不成声，最后带着这幅罗帕投井自尽。乔知之也因此事落得满门抄斩。绿珠坠楼，窈娘跳井，两个凄美的故事，传诵一时，让人唏嘘感叹不已。

其十三

通宵甲帐①散香尘，

汉帝②精神礼百神。

若见红儿醉中态，

也应休忆李夫人③。

【注释】

①甲帐：汉武帝所造的帐幕。《北堂书钞》载："汉武帝故事云,'上以琉璃珠玉,明月夜光杂错天下珍宝为甲帐,次为乙帐。甲以居神,乙以自居。'"

②汉帝：指汉武帝刘彻。

③李夫人：汉武帝刘彻的宠妃,后追加尊号为孝武皇后,西汉著名音乐家李延年的妹妹。

■■■■■■■■■ 逸 事 典 故 ■■■■■■■■

　　李夫人出身于平民家庭,李家世代为倡,她的父母兄弟都是以乐舞为职业的艺人。兄长李延年的歌唱得很好,"每为新声变曲,围者莫不感动"。《汉书》记载,元封年间,李延年在武帝前演唱《佳人曲》："北方有佳人,绝

世而独立,一顾倾人城,再顾倾人国,宁不知倾城与倾国,佳人难再得。"汉武帝听完后叹息曰:"善!世岂有此人乎?"平阳公主说:"延年有女弟(即妹妹),上乃召见之,实妙丽善舞。"其妹因此歌得幸,后来被武帝纳为夫人,李夫人所生之子便是昌邑哀王(刘髆)。因其妹受宠,李延年由贱而贵,兄妹二人同时得幸,李氏尊贵一时。《汉书》载:"初,李夫人病笃,上自临候之,夫人蒙被谢曰:'妾久寝病,形貌毁坏,不可以见帝。愿以王及兄弟为托。'上曰:'夫人病甚,殆将不起,一见我属托王及兄弟,岂不快哉!'夫人曰:'妇人貌不修饰,不见君父。妾不敢以燕媠见帝。'上曰:'夫人弟一见我,将加赐千金,而予兄弟尊言。'夫人曰:'尊官在帝,不在一见。'上复言欲必见之,夫人遂转乡唏嘘而不复言。于是上不说而起。夫人姊妹让之曰:'贵人独不可一见上属托兄弟邪,何为恨上如此?'夫人曰:'所以不欲见帝者,乃欲以深托兄弟也。我以容貌之好,得从微贱爱幸于上。夫以色事人者,色衰而爱弛,爱弛则恩绝。上所以挛挛顾念我者,乃以平生容貌也。今见我毁坏,颜色非故,必畏恶吐弃我,意尚肯复追思闵录其兄弟哉!'及夫人卒,上以后礼葬焉。其后,上以夫人兄李广利为贰师将军,封海西侯,延年为协律都尉。"

有关李夫人的成语典故:(1)倾城倾国。李延年歌《佳人曲》,原指因女色而亡国,后多形容妇女容貌极美。(2)姗姗来迟。原形容女子走路缓慢从容的姿态,后多比喻走得缓慢从容。《汉书·李夫人传》载:"上思念李夫人不已,方士齐人少翁言能致其神。乃夜张灯烛,设帷帐,陈酒肉,而令上居他帐,遥望见好女如李夫人之貌,还幄坐而步。又不得就视,上愈益相思悲感,为作诗曰:'是邪,非邪?立而望之,偏何姗姗其来迟!'令乐府诸音家弦歌之。"(3)绝世佳人。形容为当世最美的女人。《汉书·外戚传》载李延年歌:"北方有佳人,绝世而独立。"

其十四

拔得芙蓉出水新，

魏家公子①信才人②。

若教瞥见红儿貌，

不肯留情付洛神③。

【注释】

①魏家公子：指曹植。曹植，字子建，沛国谯县（今安徽亳州）人，是曹操第三子。三国时期著名文学家，建安文学的代表人物，代表作有《洛神赋》。

②才人：内命妇名，皇帝之妾，三国时魏始置。

③洛神：先秦神话中，司掌洛河的地方水神。

逸 事 典 故

诗句中的洛神原指宓妃，是中国神话中司掌洛河的水神。在中古时期，洛神形象逐渐丰富和发展，变身为世俗的美人，成为男性文人寄托情感的对象。在曹植人神相恋的传世名篇《洛神赋》中，洛神被作为理想美神的化身。《洛神赋》是一篇杰出的诗赋，其艺术成就，感动了历代文人雅士。据传，曹植钟情他哥哥曹丕的妻子甄宓。后来甄氏为郭后谗死，曹植闻言

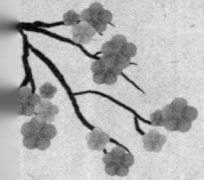

悲伤不已,在返回自己封地,经过洛水,由洛河水神宓妃,想念甄宓,遂借神女的传说而作此《洛神赋》,在民间广泛流传。曹植是否因为甄宓而写《洛神赋》不得而知,但《洛神赋》流传后世,被人津津乐道。

其十五

芳姿^①不合并常人，

云在遥天玉在尘。

因事爱思荀奉倩^②，

一生闲坐枉伤神。

【注释】

①芳姿：指女子美丽的姿容。

②荀奉倩：即荀粲，字奉倩，颍川郡颍阴县（今河南省许昌市）人。三国时期曹魏大臣、玄学家，太尉荀彧幼子。

逸 事 典 故

何劭《荀粲传》载："骠骑将军曹洪女有美色，粲于是娉焉，容服帷帐甚丽，专房欢宴。历年后，妇病亡，未殡，傅嘏往喭粲；粲不哭而神伤。嘏问曰：'妇人才色并茂为难。子之娶也，遗才而好色。此自易遇，今何哀之甚?'粲曰：'佳人难再得!顾逝者不能有倾国之色，然未可谓之易遇。'痛悼不能已，岁余亦亡，时年二十九。粲简贵，不能与常人交接，所交皆一时俊杰。至葬夕，赴者裁十余人，皆同时知名士也，哭之，感动路人。"

《世说新语·惑溺》亦有载:"荀奉倩与妇至笃,冬月妇病热,乃出中庭自取冷,还以身熨之。妇亡,奉倩后少时亦卒。以是获讥于世。奉倩曰:'妇人德不足称,当以色为主。'裴令闻之曰:'此乃是兴到之事,非盛德言,冀后人未昧此语。'"成语"荀令伤神""取冷熨妇"均来源于此。

其十六

笔底如风思涌泉，

赋①中休谩②说婵娟③。

红儿若在东家④住，

不得登墙尔许年。

【注释】

①赋：是指宋玉的《登徒子好色赋》。

②谩：通假字，通"漫"。

③婵娟：形容姿态美好。古诗文里多用来形容女子。

④东家：指宋玉家东边的邻居。

━━━━━━ 逸 事 典 故 ━━━━━━

《登徒子好色赋》是战国时期楚国文学家宋玉的一篇辞赋。主要内容如下："王以登徒子之言问宋玉。玉曰：'体貌闲丽，所受于天也；口多微辞，所学于师也；至于好色，臣无有也。'王曰：'子不好色，亦有说乎？有说则止，无说则退。'玉曰：'天下之佳人莫若楚国，楚国之丽者莫若臣里，臣里之美者莫若臣东家之子。东家之子，增之一分则太长，减之一分则太短；著

粉则太白,施朱则太赤;眉如翠羽,肌如白雪;腰如束素,齿如含贝;嫣然一笑,惑阳城,迷下蔡。然此女登墙窥臣三年,至今未许也。登徒子则不然:其妻蓬头挛耳,龋唇历齿,旁行踽偻,又疥且痔。登徒子悦之,使有五子。王孰察之,谁为好色者矣。'"

其十七

一抹浓红傍脸斜，

妆成不语独攀花。

当时若是逢韩寿①，

未必埋踪在贾家②。

【注释】

①韩寿：字德真，西汉初年诸侯王韩王韩信之后。

②贾家：指贾充，字公间，平阳襄陵（今山西襄汾）人，魏晋时期大臣，西晋王朝的开国元勋。

逸 事 典 故

《世说新语》载："韩寿美姿容，贾充辟以为掾。充每聚会，贾女于青琐中看，见寿，说之，恒怀存想，发于吟咏。后婢往寿家，具述如此，并言女光丽。寿闻之心动，遂请婢潜修音问；及期往宿。寿跷捷绝人，逾墙而入，家中莫知。自是充觉女盛自拂拭，说畅有异于常。后会诸吏，闻寿有奇香之气，是外国所贡，一著人，则历月不歇。充计武帝唯赐己及陈春，徐家无此香，

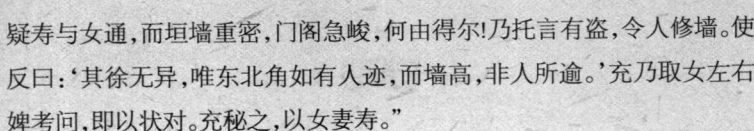

疑寿与女通,而垣墙重密,门阁急峻,何由得尔!乃托言有盗,令人修墙。使反曰:'其徐无异,唯东北角如有人迹,而墙高,非人所逾。'充乃取女左右婢考问,即以状对。充秘之,以女妻寿。"

其十八

树㚒西风日半沉，

地无人迹转伤心。

阿娇①得似红儿貌，

不费长门买赋②金。

【注释】

①阿娇：大汉孝武陈皇后，是汉武帝的原配妻子，也是武帝的嫡亲姑表姐，陈氏，小名阿娇，多称之为"陈阿娇"。

②长门买赋：《长门赋》最早见于南朝梁萧统编著的《昭明文选》，据其序言，这是汉代文学家司马相如受汉武帝失宠皇后陈阿娇的百金重托而作的一篇骚体赋。

 逸 事 典 故

汉武帝的"金屋藏娇"，讲述的是汉武帝对陈皇后的诺言，他说出这句话的时候，才四五岁，陈皇后也因为这个典故才有了陈阿娇这个名字。

陈阿娇的母亲是汉景帝的亲姐姐馆陶公主刘嫖。汉景帝刘启是阿娇的舅舅。陈阿娇的母亲刘嫖是个追求权力与财富，且工于心计的女人。刘

嫖有二子一女，她希望儿子能娶到景帝心爱的女儿，女儿则能嫁给景帝最看重的儿子。她见景帝将栗姬之子刘荣立为了太子，便将刘荣作为首个结亲人选。

当刘嫖去和栗姬商量结亲的事时，栗姬却冷漠地回绝了，原因无他，只因刘嫖曾多次给景帝献上美女，她们都受到景帝的宠爱，栗姬反而受到冷落。刘嫖没有办法，又把目标锁定在了四岁的胶东王刘彻身上，并与刘彻之母王娡联合起来对付栗姬母子。

古书载："帝以乙酉年七月七日生于猗兰殿。年四岁，立为胶东王。数岁，长公主嫖抱置膝上，问曰：'儿欲得妇不？'胶东王曰：'欲得妇。'长主指左右长御百余人，皆云不用。末指其女问曰：'阿娇好不？'于是乃笑对曰：'好！若得阿娇作妇，当作金屋贮之也。'"

刘嫖听了很高兴，于是就去求景帝，景帝答应了这门婚事。后来，栗姬母子失了宠，刘彻被立为太子，陈阿娇便成了太子妃，刘彻登基为帝后，陈阿娇便成了皇后。

后来，汉武帝喜欢上了平阳公主所献的歌女卫子夫，卫子夫生下子嗣之后可谓是宠冠后宫。陈阿娇嫉妒非常，便与女巫楚服等人施巫蛊之邪术，咒害他人。事发以后，武帝废了陈阿娇的后位，令其退居长门宫。失宠的陈阿娇想重新得到武帝的重视，花重金让司马相如写了著名的《长门赋》。

其十九

五云^①高捧紫金堂^②，

花下投壶^③侍玉皇。

从到世人都不识，

也应知有杜兰香^④。

【注释】

①②五云、紫金堂：均指皇帝所在地方。

③投壶：古代士大夫宴饮时做的一种投掷游戏，也是一种礼仪。在战国时期较为盛行，尤其是在唐朝，得到了发扬光大。

④杜兰香：传说为汉代仙女。

《墉城集仙录》载："杜兰香者，有渔父于湘江之岸见啼声，四顾无人，唯一二岁女子，渔父怜而举之。十余岁，天姿奇伟，灵颜姝莹，天人也。忽有青童自空下，集其家，携女去，归升天。谓渔父曰：'我仙女也，有过，谪人间，今去矣人。其后降于洞庭包山张硕家。'"

《搜神记》载："汉时有杜兰香者，自称南康人氏，以建业四年春数诣

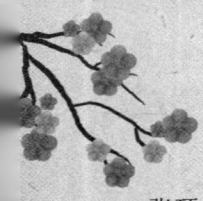

张硕,言本为君作妻,情无旷远,以年命未合,其小乖,太岁东方卯当还求君。"

《晋书·曹毗传》载:"桂阳张硕为神女杜兰香所降,毗以二诗嘲之,并续《兰香》歌诗十篇。"

曹毗《神女杜兰香传》载:"杜兰香自云:'家昔在青草湖,风溺,大小尽没。香年三岁,西王母接而养之于昆仑之山,于今千岁矣。'"

其二十

戏水源头指旧踪，

当时一笑①也难逢。

红儿若为回桃脸，

岂比连催举五烽②。

【注释】

①一笑：指的是千金买一笑。

②举五烽：指周幽王烽火戏诸侯。

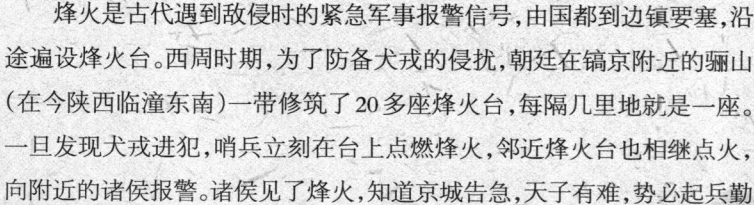

逸 事 典 故

烽火是古代遇到敌侵时的紧急军事报警信号，由国都到边镇要塞，沿途遍设烽火台。西周时期，为了防备犬戎的侵扰，朝廷在镐京附近的骊山（在今陕西临潼东南）一带修筑了20多座烽火台，每隔几里地就是一座。一旦发现犬戎进犯，哨兵立刻在台上点燃烽火，邻近烽火台也相继点火，向附近的诸侯报警。诸侯见了烽火，知道京城告急，天子有难，势必起兵勤王，前来救驾。

为了引逗褒姒发笑，虢石父献计于周幽王，如果能点燃烽火台，招引

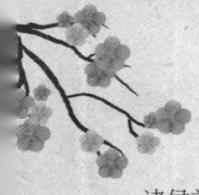

诸侯前来救驾，诸多兵马聚集，到时候必会引起一些混乱，褒姒必会发笑。

周幽王采纳了虢石父的建议，马上带着褒姒，由虢石父陪同登上了骊山烽火台，命令守兵点燃烽火。顷刻，狼烟四起，烽火冲天，各地诸侯一见警报，以为犬戎打过来了，果然带领本部兵马急速赶来救驾。但到了骊山脚下，没有发现一个外侵之敌，只听到山上一阵阵奏乐和唱歌的声音，一看是周幽王和褒姒高坐台上饮酒作乐。周幽王派人告诉他们说，辛苦了大家，这儿没什么事，不过是大王和王妃放烟火取乐。诸侯们始知被戏弄，怀怨而回。褒姒见千军万马召之挥去，乱成一团，如同儿戏，觉得十分好玩，禁不住嫣然一笑。周幽王大喜，立刻赏虢石父千金。千金买一笑的典故就出于此。

公元前771年，西北夷族犬戎之兵进攻镐京。周幽王急命点燃烽台，可是诸侯们因上次受了愚弄，这次没当回事，也就没发兵，周幽王被杀，西周因此灭亡。

其二十一

虢国夫人①照夜玑②，

若为求得与红儿。

醉和香态浓春睡，

一树繁花偃③绣帏④。

【注释】

①虢国夫人：唐玄宗李隆基宠妃杨玉环的三姐。

②照夜玑：夜明珠。唐李朝威《柳毅》："洞庭君因出碧玉箱，贮以开水犀。钱塘君复出红珀盘，贮以照夜玑。"

③偃：仰卧。

④绣帏：四周围有帐幕的绣帐。

逸 事 典 故

虢国夫人杨氏（？—756年），蒲州永乐（今山西芮城县）人，唐玄宗李隆基宠妃杨玉环的三姐。早年随父居住在蜀中。初嫁裴氏为妻，裴氏早亡。杨贵妃得宠于唐玄宗以后，虢国夫人和杨贵妃的另两个姐姐被一起迎入京师。唐玄宗称杨贵妃的三个姐姐为姨，并赐以住宅。安史之乱时，在出逃中被迫自杀。此人生平骄奢淫逸，在杨贵妃的庇佑下显赫一时。

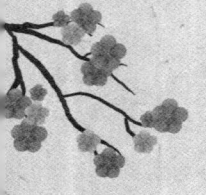

其二十二

知有持盈玉叶冠^①，

剪云裁月照人寒。

若使红儿风帽^②戴，

直使瑶池会^③上看。

【注释】

①玉叶冠：唐高宗的女儿太平公主所戴的冠名。其冠以玉为饰，为稀世之宝。

②风帽：连在皮大衣、棉大衣等上面的挡风的帽子。

③瑶池会：传说中西王母在自己居住的瑶池举办"蟠桃会"。

逸 事 典 故

瑶池会，又称蟠桃盛会、蟠桃盛宴、蟠桃大会，是中国神话传说中的天界庆典大礼。相传，三月三日为西王母诞辰，这天西王母大开盛会，以蟠桃为食，宴请各方众神众仙参加。众仙也将受邀赴宴作为了一种荣耀和身份的象征，称之为蟠桃会。因此农历三月初三也成了一个重要的道教节日。

其二十三

明媚何曾让玉环^①，

破瓜^②年几百花颜。

若教貌向南朝见，

定却梅妆^③似等闲。

【注释】

①玉环：唐玄宗的贵妃杨玉环。

②破瓜：旧时文人拆"瓜"字为二八以纪年，谓十六岁，诗文中多用于女子。亦作"分瓜"。

③梅妆：古时女子妆式，描梅花状于额上为饰。据《太平御览》记载："宋武帝女寿阳公主人日卧于含章殿檐下，梅花落公主额上，成五出花，拂之不去。皇后留之，看得几时，经三日，洗之乃落。宫女奇其异，竟效之，今梅花妆是也。"

逸 事 典 故

寿阳公主，是南朝时宋武帝刘裕的女儿。据说，一日，寿阳公主在宫中嬉戏，突感疲倦，就便躺卧在含章殿的檐下小憩。恰好一阵风吹来，将梅花

吹得落下，有一朵落到了寿阳公主的额头上，怎么都揭不下来。过了几日，花瓣掉下来，公主的前额上却留下了梅花样的淡淡花痕，拂拭不去。宫女们见了之后，惊奇不已，觉得这样非常漂亮，于是纷纷效仿，还给这个妆取了一个特别雅致的名字，叫作"梅花妆"。但梅花不是四季都有，她们就用金箔剪成花瓣，贴在额上或者面颊上。后来，"梅花妆"又进一步流传到民间，受到了女孩子们的喜爱，特别是那些官宦大户人家的女孩子以及歌伎舞女们，更是争相仿效，成为一个时代的妆容。

隋唐两代延续了这种审美，特别是唐代，贴花钿的风气很盛。花钿也越帖越大，有时一张脸甚至贴好几片。此风到了宋代，随着女子的服装色彩渐渐素淡，"梅花妆"才渐渐消失。

其二十四

世事悠悠未足称，

肯将闲事更争能。

自从命向红儿去，

不欲留心在裂缯①。

【注释】

①裂缯：撕裂丝织品。晋黄辅谧《帝王世纪》：妹喜好闻裂缯之声而笑，桀为发缯裂之，以顺适其意。妹喜，有施氏女（有施氏原为喜姓），施部落酋长的妹妹，夏朝末代国王夏桀姒履癸的宠妃。

逸 事 典 故

传说，夏朝的有施氏，是东方的一个小部落，势弱力薄。夏桀攻打有施氏时，有施氏自知难以抵抗，表示愿意称臣纳贡。但夏桀不肯，有施氏酋长探知夏桀是一位好色暴君，便投其所好，选了自己的妹妹妹喜进献请降。夏桀见妹喜貌美，十分高兴，遂罢兵回到王都。妹喜见王都宫殿陈旧，很不高兴，桀王为了讨好妹喜，造倾宫，筑瑶台，用玉石建造华贵的琼室外瑶台，以此作为离宫，终日饮宴淫乐，不理政事。

据《列女传·夏桀妺喜》载，桀"日夜与妺喜及宫女饮酒，无有休时。置妺喜于膝上，听用其言"。

又据《帝王世纪》记载，妺喜喜欢听"裂缯之声"，夏桀就叫人把缯帛拿到面前撕裂，以博得喜妺的欢笑。

其二十五

自隐①新从梦里来，

岭云②微步下阳台③。

含情一向春风笑，

羞杀凡花尽不开。

【注释】

①自隐：隐藏，思量。

②岭云：巫山神女。

③阳台：阳台指传说中巫山神女与楚襄王相会的地方。

逸 事 典 故

宋玉的《高唐赋》记载了楚襄王与巫山神女的故事。

昔者楚襄王与宋玉游于云梦之台，望高唐之观，其上独有云气，崒兮直上，忽兮改容，须臾之间，变化无穷。王问玉曰："此何气也？"

玉对曰："所谓朝云者也。"

王曰："何谓朝云？"

玉曰："昔者先王尝游高唐，怠而昼寝，梦见一妇人曰：'妾，巫山之女也。为高唐之客。闻君游高唐，愿荐枕席。'王因幸之。去而辞曰：'妾在巫山之阳，高丘之阻，且为朝云，暮为行雨。朝朝暮暮，阳台之下。'且朝视之，如言。故为立庙，号曰'朝云'。"

其二十六

舍却青娥^①换玉鞍^②，

古来公子苦无端。

莫言一匹追风马，

天骥^③牵来也不看。

【注释】

①青娥：美丽的少女。

②玉鞍：华丽的马鞍。代指骏马，也比喻优厚的待遇。

③天骥：天马，神马。

逸 事 典 故

《独异志》载："魏曹彰性偶傥，偶逢骏马爱之，其主所惜也。彰曰：'予有美妾可换，惟君所选。'马主因指一妓，彰遂换之。"

冯梦龙《情史类略》里，也说了一个类似的故事——苏轼"以妾换马"。"乌台诗案"后，苏轼被贬黄州，临行之际，有一位姓蒋的友人骑着一匹骏马前来为苏轼践行。苏轼命婢女春娘奉酒，蒋见春娘貌美，十分喜爱，而苏轼却对他的马夸赞不已。蒋遂提出用马换春娘，苏轼欣然应允。春娘性格刚烈，听闻此言大怒，她上前质问苏轼说："学士以人换马，

难道我比畜生还低贱?"言毕,转身回屋,写下了一首绝命诗:"为人莫作妇人身,百年苦乐由他人。今日始知人贱畜,此生苟活怨谁嗔。"然后,春娘就自尽了。

其二十七

槛①外花低瑞露浓，

梦魂惊觉晕春容。

凭君细看红儿貌，

最称严妆②待晓钟③。

【注释】

①槛：栏杆。

②严妆：认真地打扮。《玉台新咏·古诗为焦仲卿妻作》有"鸡鸣外欲曙，新妇起严妆"之句。

③晓钟：报晓的钟声。唐沈佺期《和中书侍郎杨再思春夜宿直》有"千庐宵驾合，五夜晓钟稀"之句。

其二十八

薄罗①轻剪越溪纹②，

鸦翅③低垂两鬓分。

料得相如④偷见面，

不应琴里挑文君⑤。

【注释】

①薄罗：薄薄的罗纱。

②越溪纹：越地的服装。古代越地丝织工艺十分著名，而越女浣纱向为诗人乐道。用"越溪纹"以形"薄罗"，有一种特殊的、具体的美感。

③鸦翅：鬓发。古代少女头梳双髻，称鸦髻（或鸦头），取其色之乌黑。"鸦翅"，也就是鬓发。

④相如：司马相如，字长卿，西汉时蜀郡成都人，中国汉赋四大家，被誉为赋圣、辞宗。

⑤文君：即卓文君，本名卓文后，西汉时期蜀郡临邛（今四川省成都市邛崃市）人，被誉为中国古代四大才女。卓文君姿色娇美，通音律，善抚琴，相传其作《白头吟》中有"愿得一心人，白头不相离"流传至今。

　　汉景帝中元六年(前144年),司马相如从成都前来拜访时任临邛县令的同窗好友王吉。王县令在宴请相如时,亦请了当地的一个富豪卓王孙作陪。卓王孙非常有钱,可以说是富甲天下。一日,卓王孙回请王吉和司马相如来家做客。席间,免不了要作赋奏乐。王吉请司马相如弹一曲助兴。司马相如琴艺精湛,就弹了一曲"凤求凰",琴声悠扬,博得众人的赞叹。卓王孙的女儿卓文君久慕司马相如之才,此时,也正躲在帘后偷听,琴中之求偶之意如何听不出?

　　从那以后,相如、文君两人互相爱慕,经常来往。因司马相如穷,又没功名,卓王孙反对这桩事。于是,在某一天夜里,卓文君与司马相如偷偷地私奔了,去了成都结婚。这就是有名的"文君夜奔"的故事。

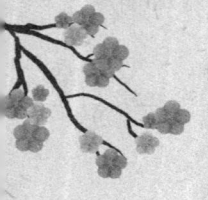

其二十九

南国东邻各一时，

后来惟有杜红儿。

若教楚国宫人见，

羞把腰身并柳枝①。

【注释】

①腰身并柳枝：出自《墨子·兼爱中》："昔者楚灵王好士细腰。"汉有无名氏诗："吴王好剑客，百姓多疮瘢。楚王好细腰，宫中多饿死。"

逸 事 典 故

《墨子·兼爱中》载："昔者楚灵王好士细腰，故灵王之臣皆以一饭为节……扶墙然后起。比期年，朝有黧黑之色。"说的是楚国有个楚灵王，喜欢在上朝时看到臣子们如杨柳般婀娜多姿的细腰身，他认为只有这样才叫赏心悦目，有些清瘦柔弱的大臣还因此受到了楚灵王的赞美、提拔和重用。

于是，满朝的文武大臣为了得到楚灵王的欢心，便想方设法地减肥，使自己的身材变得更苗条。他们控制饮食，甚至一天只吃一顿饭，经常饿得头昏眼花也在所不惜。有的大臣更是摸索出了一套绝招，就是在每天早晨起床穿衣时，先做几次深呼吸，挺胸收腹，然后将气憋住，再用宽带将腰部束紧。经过这样一番折腾之后，往往需要扶住墙壁才能勉强站立起来。

经过如此这般的折磨，一年以后，楚国的大臣们全都变得面黄肌瘦、形容枯槁，成了后人的一个笑话。

其三十

照耀金钗簇腻鬟^①，

见时直向画屏间。

黄姑^②阿母能判剖，

十斛明珠^③也是闲。

【注释】

①腻鬟：光滑的环形发髻。

②黄姑：牵牛星。唐诗人李绅的《莺莺歌》有"黄姑上天阿母在，寂寞霜姿素莲质"之句。

③十斛明珠：斛口小底大的方形量器，容量本为十斗，后改为五斗。十斛明珠，后指以重金购买美女为妾。

其三十一

轻小休夸似燕身^①，

生来占断紫宫^②春。

汉皇^③若遇红儿貌，

掌上^④无因着别人。

【注释】

①燕身：指赵飞燕。

②紫宫：天宫，三国魏时张揖撰《广雅·释天》记载："天宫谓之紫宫。"我国古代天文学家，根据对天空的长期观测，认为紫微星（即北极星）位于中天，位置永恒不移，为天帝的居所，并称为"紫宫"。这里指皇宫。

③汉皇：汉成帝刘骜。

④掌上：赵飞燕，身轻可作掌上舞。

逸 事 典 故

赵飞燕是西汉汉成帝刘骜的妃子，也是汉成帝刘骜的第二个皇后，在中国历史上以美貌著称。所谓"环肥燕瘦"讲的便是她和杨玉环，"燕"字指

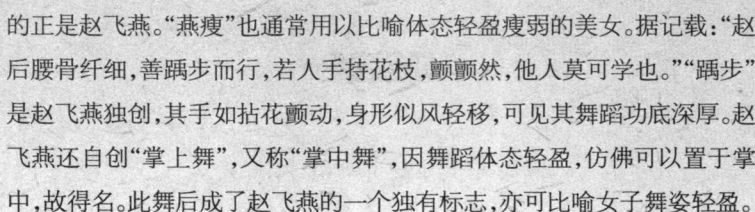

的正是赵飞燕。"燕瘦"也通常用以比喻体态轻盈瘦弱的美女。据记载："赵后腰骨纤细,善踽步而行,若人手持花枝,颤颤然,他人莫可学也。""踽步"是赵飞燕独创,其手如拈花颤动,身形似风轻移,可见其舞蹈功底深厚。赵飞燕还自创"掌上舞",又称"掌中舞",因舞蹈体态轻盈,仿佛可以置于掌中,故得名。此舞后成了赵飞燕的一个独有标志,亦可比喻女子舞姿轻盈。

其三十二

鹦鹉娥^①如裛^②露红，

镜前眉样自深宫。

稍教得似红儿貌，

不嫁南朝沈侍中^③。

【注释】

①鹦鹉娥：是指唐朝时的一种发髻，盛唐高髻。

②裛：犹泪妆。裛，通"浥"。唐·崔国辅《白纻辞》："洛阳梨花落如霰，河阳桃叶生复齐。坐惜玉楼春欲尽，红绵粉絮裛妆啼。"

③沈侍中：沈炯，字初明，南朝梁吴兴武康人。

逸 事 典 故

《南史》载："沈炯，字初明，吴兴武康人也。祖瑀，梁寻阳太守。父续，王府记室参军。炯少有俊才，为当时所重。仕梁为尚书左户侍郎、吴令。侯景之难，吴郡太守袁君正入援建邺，以炯监郡。台城陷，景将宋子仙据吴兴。使召炯，方委以书记，炯辞以疾，子仙怒，命斩之。炯解衣将就戮，碍于路间桑树，乃更牵往他所，或救之，仅而获免。子仙爱其才，终逼之令掌书记。及

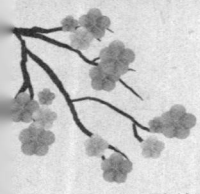

子仙败，王僧辩素闻其名，军中购得之，酬所获者钱十万，自是羽檄军书，皆出于炯。及简文遇害，四方岳牧上表劝进，僧辩令炯制表，当时莫有逮者。陈武帝南下，与僧辩会白茅湾，登坛设盟，炯为其文。及景东奔，至吴郡，获炯妻虞氏及子行简，并杀之，炯弟携其母逃免。侯景平，梁元帝愍其妻子婴戮，特封原乡侯。僧辩为司徒，以炯为从事中郎。梁元帝征为给事黄门侍郎，领尚书左丞。

"魏克荆州，被虏，甚见礼遇，授仪同三司。以母在东，恒思归国，恐以文才被留，闭门却扫，无所交接。时有文章，随即弃毁，不令流布。尝独行经汉武通天台，为表奏之，陈己思乡之意。曰：'臣闻桥山虽掩，鼎湖之灶可祠；有鲁遂荒，大庭之迹无泯。伏惟陛下降德猗兰，纂灵丰谷，汉道既登，神仙可望。射芒罘于海浦，礼日观而称功，横中流于汾河，指柏梁而高宴，何其甚乐，岂不然欤！'"

"既而运属上仙，道穷晏驾，甲帐珠帘，一朝零落，茂陵玉碗，遂出人间。陵云故基，与原田而膴膴；别风余迹，带陵阜而芒芒。羁旅缧臣，岂不落泪？昔承明见厌，严助东归，驷马可乘，长卿西反。恭闻故实，窃有愚心。黍稷非馨，敢望徼福？但雀台之吊，空怆魏君；雍丘之祠，未光夏后，瞻仰烟霞，伏增凄恋。"

"奏讫，其夜梦有宫禁之所，兵卫甚严，炯便以情事陈诉。闻有人言：'甚不惜放卿还，几时可至。'少日，便与王克等并获东归。历司农卿，御史中丞。"

"陈武帝受禅，加通直散骑常侍。表求归养，诏不许。文帝嗣位，又表求去，诏答曰：'当敕所由，相迎尊累，使卿公私无废也。'初，武帝尝称炯宜居王佐，军国大政，多预谋谟。文帝又重其才，欲宠贵之。会王琳入寇大雷，留异拥据东境，帝欲使炯因是立功，乃解中丞，加明威将军，遣还乡里，收徒众。以疾卒于吴中，赠侍中，谥恭子。有集二十卷行于世。"

其三十三

拟将心地学安禅①，

争奈红儿笑靥②圆。

何物把来堪比并，

野塘初绽一枝莲。

【注释】

①安禅：佛教语，指静坐入定，俗称打坐。

②笑靥：笑时脸上露出的酒窝，也泛指美女的笑脸。

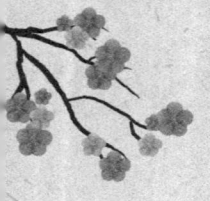

其三十四

浸草①漂花绕槛香，

最怜穿度乐营墙。

殷勤留滞缘何事，

曾照红儿一面妆②。

【注释】

①浸草：古代农事风俗，割取春天的新枝嫩叶，背到初耕水田里沤 沤作为绿肥，一般以栎木叶和马桑树叶为主。杜甫诗有"水耕先浸草， 春火更烧山"之句。

②面妆：古代妇女的面部妆饰。

其三十五

雕阴①旧俗骋婵娟②，

有个红儿赛洛川③。

常笑世人语虚诞，

今朝自见火中莲④。

【注释】

①雕阴：古县名。秦置，治今陕西省甘泉县南。

②婵娟：美貌女子。

③洛川：指洛川神女，洛神。

④火中莲：佛教语。语出《维摩经·佛道品》："火中生莲华，是可谓稀有。在欲而行禅，稀有亦如是。"后因以"火生莲"比喻虽身处烦恼中而能解脱，达到清凉境界。白居易有《新昌新居书事四十韵因寄元郎中张博士》："浮荣水划字，真谛火生莲。"

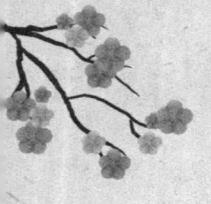

其三十六

渡口①诸侬②乐未休，

竟陵③西望路悠悠。

石城④有个红儿貌，

两桨无因迎莫愁⑤。

【注释】

①渡口：此处指桃叶渡。原渡口处立有"桃叶渡碑"，并建有"桃叶渡亭"，从六朝到明清，桃叶渡河舫竞立，灯船箫鼓。是南京繁华地段之一。

②诸侬：你们。

③竟陵：郡名。今湖北省天门市。

④石城：今湖北省钟祥市。

⑤莫愁：指莫愁女，湖北钟祥人，卢姓。楚顷襄王宫中的歌舞姬。

逸 事 典 故

莫愁女，姓卢名莫愁，战国末期湖北钟祥人，貌美，好歌舞。十六七岁时被楚顷襄王征进宫作了歌舞伎女。在楚王宫，有幸得以与屈原、宋玉、景差结识并受过他们的教导和影响,随后歌舞技艺日进。据说,莫愁对屈原、宋玉的骚、赋和楚辞乐声,《阳春白雪》《下里巴人》《阳阿》《薤露》《采薇歌》《麦秀歌》等楚辞和民间乐诗入歌传唱有很大的贡献,对后世产生了深远影响。

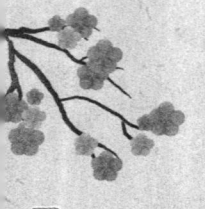

其三十七

谁向深山识大仙，

劝人山上引春泉。

定知不及红儿貌，

枉却工夫溉玉田①。

【注释】

①玉田：种石得玉之田。

逸 事 典 故

晋干宝《搜神记》记载："公汲水作义浆于坂头，行者皆饮之。三年，有一人就饮，以一斗石子与之，使至高平好地有石处种之，云：'玉当生其中。'杨公未娶，又语云：'汝后当得好妇。'语毕不见。乃种其石。数岁，时时往视，见玉子生石上，人莫知也。有徐氏者，右北平著姓，女甚有行，时人求，多不许。公乃试求徐氏。徐氏笑以为狂，因戏云：'得白璧一双来，当听为婚。'公至所种玉田中，得白璧五双，以聘。徐氏大惊，遂以女妻公。"后便以"种玉"比喻缔结良缘。

其三十八

倾国倾城①总绝伦，

红儿花下认真身。

十年东北看燕赵②，

眼冷何曾见一人。

【注释】

①倾国倾城：语出自汉武帝时音乐家李延年诗《李延年歌》："北方有佳人，绝世而独立。一顾倾人城，再顾倾人国。宁不知倾城与倾国，佳人难再得。"

②燕赵：《古诗十九首》有"燕赵多佳人，美者颜如玉"句。

其三十九

今时自是不谙知①，

前代由来岂见遗。

一笑②阳城③人便惑，

何堪教见杜红儿。

【注释】

①谙知：熟悉；熟知。

②一笑：典出宋玉《登徒子好色赋》："嫣然一笑，惑阳城，迷下蔡。"

③阳城：县名，为楚贵介公子的封地。

 逸 事 典 故

　　春秋战国时期，据说楚国大夫登徒子在楚王面前说宋玉的坏话，他说："宋玉其人虽长得英俊，口才好而且善于言辞，但是很贪爱女色。希望大王不要让他出入后宫之门。"楚王拿登徒子的话去问宋玉，宋玉说："相貌英俊，这是上天所赐，善于言词，是通过学习得来的；至于说我贪爱女色，则绝无此事。"楚王说："你说不贪爱女色能讲出道理吗？能讲就留下来，讲不了就离去吧。"于是宋玉辩解道："天下的美女，没有谁比得上楚国女子；楚国女子之美丽者，又没有谁能超过我那家乡的美女；而我家乡最美丽的女子还得数我邻居东家那位姑娘，东家那位姑娘论身材，若增加一分则太高，减掉一分则太短；论其肤色，若涂上脂粉则嫌太白，施加朱红又嫌太赤，真是生得恰到好处。她那眉毛有如翠鸟之羽毛，肌肤像白雪一般莹洁，腰身纤细如裹上素帛，牙齿整齐有如一连串小贝，甜美地一笑，足可以使阳城和下蔡一带的人们为之迷惑和倾倒。这样一位姿色绝伦的美女，趴在墙上窥视我三年，而我至今仍未答应和她交往。而登徒子却不这样，他的妻子蓬头垢面，嘴唇外翻而牙齿参差不齐，弯腰驼背，走路一瘸一拐，又患有疥疾和痔疮。这样一位丑陋的妇女，登徒子却非常喜爱她，并且生有五个孩子。请大王明察，究竟谁是好色之徒呢？”

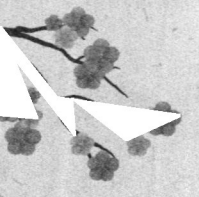

其四十

京口^①喧喧百万人，

竞传河鼓^②谢星津。

奈花似雪簪云髻，

今日夭容^③是后身。

【注释】

①京口：地名，今江苏镇江。

②河鼓：牵牛星之别称。后以此星宿名喻咏夫妻分离、难以相聚事。徐凝《七夕》有"别离还有经年客，怅望不如河鼓星"之句。

③夭容：艳丽的姿容。

《史记·天官书》载："牵牛为牺牲，其北河鼓，河鼓大星上将。婺女其北织女，织女天女孙。《奈女耆域因缘经》萍沙王从伏窦中入，登楼就之，明晨当去。奈女曰：'若其有子，当何所与。'王则脱手金环之印，以付奈女。言髻插奈花，黑白争妍。"

其四十一

青史①书时未是真，

可能纤手却强秦。

再三为谢齐皇后②，

要解连环③别与人。

【注释】

①青史：古代在竹简上记事。这里的"青"指的是竹简，"史"是指历史或史书。发明纸张之前，一般的书籍大都使用竹简所制成。竹简也就是串起来的竹片，古人将其编联成形状像"册"字的书，是古代人用作书写的工具，亦用来记载历史，所以后世即以青史作为史书的代称。

②齐皇后：姓后，史称君王后，太史敫的女儿，齐襄王的王后。

③连环：源于中国古代传统民间，发明于战国时代。战国时代名家惠施曾著《连环可解》。惠施所说连环是指《战国策》卷第十三中提到的玉连环，南宋鲍彪注称这种玉连环是"两环相贯"。

逸事典故

　　传说战国时期的秦昭王,曾派使臣到齐国给君王后一副玉连环,说:"齐国人都很聪明,但能解开这个玉连环吗?"君王后把玉连环拿给群臣看,群臣没有人知道如何解开。君王后拿起一把锤子把它敲破,并告诉秦昭王的使者说已经解开了。

其四十二

绣帐①鸳鸯对刺纹②，
博山③微暖麝④微曛⑤。
诗成若有红儿貌，
悔道当时月坠云。

【注释】

①绣帐：绣花的帐帏。

②刺纹：刺绣。

③博山：博山炉，又叫博山香炉、博山香薰、博山薰炉，是中国汉、晋时期民间常见的焚香所用的器具。常见的为青铜器和陶瓷器。博山炉的得名源于外形。炉体呈青铜器中的豆形，上有盖，盖高而尖，镂空，呈山形重叠，其间雕有云气纹、人物及鸟兽。于炉中焚香，轻烟飘出，缭绕炉体，自然造成群山朦胧、众兽浮动的效果，仿佛传说中的海上仙山"博山"。

④麝：麝香。

⑤曛：通"醺"，醉。

其四十三

薄粉轻朱^①取次施，

大都端正亦相宜。

只如花下红儿态，

不藉^②城中半额眉^③。

【注释】

①薄粉轻朱：薄薄的胭脂，轻软的朱衣。

②不藉：不凭借；不依靠。

③半额眉：指画眉甚长，竟达半额。汉时长安妇女好画长眉，四方效仿，越画越长。后用为咏女妆赶时髦之典。《后汉书·马援传》附《马廖传》："长安语曰：'城中好高髻，四方高一尺；城中好广眉，四方且半额；城中好大袖，四方全匹帛'。斯言如戏，有切事实。"三国吴谢承《后汉书》中"四方且半额"作"四方画半额"。

其四十四

妆成浑欲①认前朝，

金凤双钗逐步摇②。

未必慕容③宫里伴，

舞风歌月胜纤腰。

【注释】

①浑欲：几乎，简直。

②步摇：中国古代汉族妇女的一种首饰。取其行步则动摇，故名。其制作多以黄金屈曲成龙凤等形，其上缀以珠玉。六朝而下，花式愈繁，或伏成鸟兽花枝等，晶莹辉耀，与钗钿相混杂，簪于发上，材料主要有金、银、玉、玛瑙等。

③慕容：清河公主，复姓慕容，昌黎棘城（今辽宁省义县）人，鲜卑族。

逸 事 典 故

清河公主，十六国时期前燕公主，前燕景昭帝慕容俊的女儿，也是西燕烈文帝慕容泓的妹妹，嫁给前秦宣昭帝苻坚。《晋书·载记第十四》载：

"初,坚之灭燕,冲姊为清河公主,年十四,有殊色,坚纳之,宠冠后庭。冲年十二,亦有龙阳之姿,坚又幸之。姊弟专宠,宫人莫进。长安歌之曰:'一雌复一雄,双飞入紫宫。'"

其四十五

琥珀钗成恩正深，

玉儿^①妖惑荡君心。

莫教回首看妆面，

始觉曾虚掷万金。

【注释】

①玉儿：南齐皇帝萧宝卷的潘妃潘玉儿。

逸 事 典 故

　　南朝宋文帝刘义隆宠妃潘淑妃，以竹枝蘸盐水吸引羊车而得到了文帝宠幸，爱倾后宫。南齐皇帝萧宝卷是个喜好风月的皇帝，他听说宋文帝刘义隆因为有潘淑妃才得以在位三十年，很是羡慕，遂将自己一个宠爱的妃子俞妮子改名为潘玉儿，也称为潘妃。萧宝卷荒淫无道，甘受潘玉儿奴役，最终引致亡国之祸。

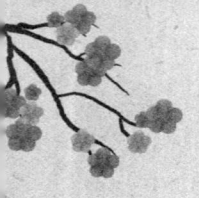

其四十六

自有闲花一面春，

脸檀①眉黛②一时新。

殷勤为报梁家妇③，

休把啼妆④赚后人。

【注释】

①脸檀：形容女子脸颊红艳。亦以喻桃花。

②眉黛：古代妇女以黛画眉，所以称眉为眉黛。

③梁家妇：孙寿，东汉权臣梁冀妻子。

④啼妆：是把自己的眼化妆成像刚刚哭过。

逸 事 典 故

《后汉书·梁冀传》载："(孙)寿色美而善为妖态，作愁眉、啼妆、堕马髻、折腰步、龋齿笑，以为媚惑。"

《后汉书·五行志一》载："桓帝元嘉中，京都妇女作愁眉、啼妆、堕马髻、折要步、龋齿笑。所谓愁眉者，细而曲折。啼妆者，薄拭目下，若啼处。堕马髻者，作一边。折要步者，足不在体下。龋齿笑者，若齿痛，乐不欣欣。始自大将军梁冀家所为，京都歙然，诸夏皆放效。此近服妖也。"

其四十七

轻梳小髻①号慵来②，

巧中君心不用媒。

可得红儿抛醉眼，

汉皇③恩泽一时回。

【注释】

①小髻：古代汉族妇女的一种髻式，大抵不加髲梳成，唐代盛行。

②慵来：慵来妆，古时女子一种娇媚的梳妆。

③汉皇：此处指汉成帝。

逸 事 典 故

　　"慵来妆"出自《赵飞燕外传》："合德新沐，膏九曲沉水香，为卷发，号新髻；为薄眉，号远山黛；施小朱，号慵来妆，亦省称'慵来'。"汉代出现的慵来妆薄施朱粉，浅画双眉，鬓发蓬松而卷曲，给人以慵困、倦怠之感。赵合德即赵飞燕之妹，成帝之妃。西汉赵合德善妆扮，出浴之后，薄施脂粉，即成入时之妆。

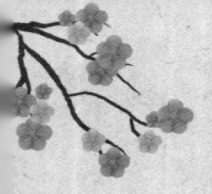

其四十八

千里长江旦暮[①]潮，

吴都风俗尚纤腰。

周郎[②]若见红儿貌，

料得无心念小乔[③]。

【注释】

①旦暮：早晨和傍晚。

②周郎：三国时吴督都周瑜。

③小乔：东汉末年时期的美女，庐江皖县（今安徽潜山）人。桥公的次女（乔为后世误传），名将周瑜的夫人。

《三国志·吴书九·周瑜传》载："顷之，策欲取荆州，以瑜为中护军，领江夏太守，从攻皖，拔之。时得桥公两女，皆国色也。策自纳大桥，瑜纳小桥。"

《江表传》载："策从容戏瑜曰：'桥公二女虽流离，得吾二人作婿，亦足为欢。'"

其四十九

月落潜奔暗解携①，

本心谁道独单栖。

还缘交甫②非良偶，

不肯终身作羿妻③。

【注释】

①解携：亦作"解攜"。分手离别的意思。

②交甫：郑交甫，据传为周朝人。

③羿妻：羿即后羿，其妻即嫦娥。

《太平广记》载："郑交甫常游汉江，见二女，皆丽服华装，佩两明珠，大如鸡卵。交甫见而悦之，不知其神人也。谓其仆曰：'我欲下请其佩。'仆曰：'此间之人，皆习于辞，不得，恐罹悔焉。'交甫不听，遂下与之言曰：'二女劳矣。'二女曰：'客子有劳，妾何劳之有？'交甫曰：'橘是柚也，我盛之以筥，令附汉水，将流而下。我遵其旁挈之，知吾为不逊也，愿请子佩。'二女曰：'桔是橙也，盛之以莒，令附汉水，将流而下，我遵其旁，卷其芝而茹

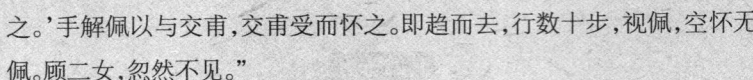

之。'手解佩以与交甫，交甫受而怀之。即趋而去，行数十步，视佩，空怀无佩。顾二女，忽然不见。"

先秦文献中，《山海经》多次出现羿射杀怪兽的事迹，《楚辞·天问》中也收录了羿射日的典故。汉代文献中，《括地图》称羿在五岁的时候被父母抛弃在深山，自幼在山林中成长。他善于射箭，一称他是帝喾时的射官，《淮南子·本经训》则载，帝尧时十日并出，禾草全部枯死，人民无物可吃，又有怪兽、大风、巨猪、长蛇危害人民，尧派羿射去九日，铲除各种怪物。

其五十

汉皇曾识许飞琼①，

写向人间作画屏②。

昨日红儿花下见，

大都相似更娉婷③。

【注释】

①许飞琼：古代民间神话传说中西王母的侍女。她美艳绝伦，曾与女伴偷游人间，在汉泉台下遇到书生郑交甫，相见倾心，摘下了胸前佩戴的明珠相赠，以表爱意。

②画屏：有画饰的屏风。

③娉婷：姿态美好貌。

逸 事 典 故

据《太平广记·女仙》记载，"唐开成初，进士许瀍游河中，忽得大病，不知人事，亲友数人环坐守之。至三日，蹶然而起，取笔大书于壁曰：'晓入瑶台露气清，座中唯有许飞琼。尘心未尽俗缘在，十里下山空月明。'书毕复寐。及明日，又惊起，取笔改其第二句曰：'天风飞下步虚声。'书讫，兀然如

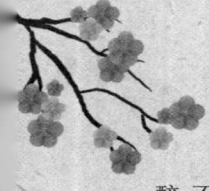

醉，不复寐矣。良久，渐言曰：'昨梦到瑶台，有仙女三百余人，皆处大屋。内一人云是许飞琼，遣赋诗。及成，又令改曰：'不欲世间人知有我也。'既毕，甚被赏叹，令诸仙皆和，曰：'君终至此，且归。'若有人导引者，遂得回耳。'"

其五十一

魏帝^①休夸薛夜来^②，

雾绡云縠^③称身裁。

红儿秀发君知否，

倚槛繁花带露开。

【注释】

①魏帝：魏文帝曹丕。

②薛夜来：薛灵芸，别称薛针神。东晋王嘉志怪小说《拾遗记》中的人物，魏文帝曹丕的宫人，妙于针工，虽处于深帷之内，不用灯炬之光，裁制立成。非夜来缝制，帝则不服，宫中号为针神。

③雾绡云縠：如薄雾的轻纱。

逸 事 典 故

《拾遗记》中说，薛灵芸离别父母登车上路之时，用玉唾壶承泪，壶呈红色。及至京师，壶中泪凝如血。后世因而称女子的眼泪为"红泪"。后来成了一个通用的典故，如红蜡烛垂的是"红泪"。

薛灵芸距离京师十里，文帝乘雕玉的车辇，远远看见，叹息说："古人

云：朝为行云，暮为行雨。今非云非雨，非朝非暮。"因此改薛灵芸的名字为
"夜来"。

薛灵芸缝制衣服的那根针出神入化，虽然处于深帏内，夜里不用点灯
烛，她也可以缝制衣服。凡不是薛灵芸缝制的衣服，文帝一概不穿。宫中称
她为"针神"。

《中华古今注》中说，魏文帝宫人绝所爱者，有莫琼树、薛夜来、陈尚
衣、段巧笑四人，日夕在侧。琼树制蝉鬓，缥缈如蝉，故曰蝉鬓。巧笑始以锦
衣丝履作紫粉拂面，尚衣能歌舞，夜来善为衣裳，一时冠绝。

张泌《妆楼记》载："夜来初入魏宫，一夕，文帝在灯下咏，以水晶七尺
屏风障之。夜来至，不觉面触屏上，伤处如晓霞将散，自是宫人俱用胭脂仿
画，名晓霞妆。"

其五十二

逗玉溅盆冬殿开，

邀恩先赐夜明苔①。

红儿若是三千数，

多少芳心似死灰。

【注释】

①夜明苔：传说中一种能发光的苔，色呈金黄。

《拾遗记》中记载："祖梁国献蔓金苔，色如黄金，若萤火之聚。大如鸡卵，投于水中，漫延于波澜之上，光出照日，皆如火生水上也。乃于宫中穿池，广百步，时观此苔，以乐宫人。宫人有幸者，以金苔赐之，置漆盘中，照耀满室，名曰'夜明苔'。着衣襟则如火光。帝虑外人得之，有惑百姓，诏使除苔塞池。及皇家丧乱，犹有此物，皆入胡中。"

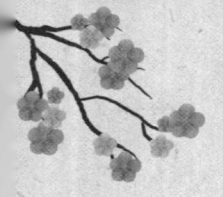

其五十三

晓月雕梁^①燕语^②频，

见花难可比他人。

年年媚景^③归何处，

长作红儿面上春。

【注释】

①雕梁：原指在栋梁等木结构上雕刻花纹并加上彩绘，是中国古代的一种建筑艺术。后来也指房屋华丽的彩绘装饰。

②燕语：闲谈；亲切交谈。

③媚景：春景。

其五十四

画帘垂地紫金床，

暗引羊车①驻七香。

若见红儿此中住，

不劳盐筊②洒宫廊。

【注释】

①羊车：宫中用羊牵引的小车。《晋书·后妃传》记载了晋武帝常乘羊车，走到哪就宿在哪。宫人便取竹叶插户，以盐汁洒地，而引帝车。后常以羊车降临表示妃嫔得宠；不见羊车表示失落与哀怨。

②盐筊：洒盐水用的竹刷子。

逸 事 典 故

据《晋书》记载，司马炎后宫宫女众多，有粉黛近万，因此，每天晚上到底要临幸哪个妃子，就成为一个让他十分头疼的问题。于是他想出一个办法，就是坐着羊车，让羊在宫苑里随意行走，羊车停在哪里他就在那里宠幸嫔妃。于是有个宫人便把竹枝插在门上，把盐水洒在地上，羊喜欢盐水的味道，于是羊车就停在她的宫门口吃柳叶。因为这个故事，后人把希望得到别人的重视或者宠爱，就称为"羊车望幸"。

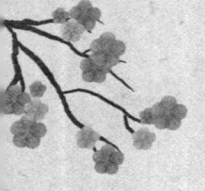

其五十五

苏小①空匀一面妆，

便留名字在钱塘。

藏鸦②门外诸年少，

不识红儿未是狂。

【注释】

①苏小：苏小小，钱塘（今浙江杭州）人，南朝齐时期著名歌伎。

②藏鸦：比喻枝叶荫蔽。出自梁简文帝《金乐歌》："槐花欲覆井，杨柳正藏鸦。"

逸 事 典 故

　　苏小小，南朝时期齐人。历代文人多有传颂，如唐朝的白居易、李贺等。苏小小能书善诗，文才横溢，幼年时父母双亡，寄住在钱塘西泠桥畔的姨母家。苏小小十分喜爱西湖山水，自制了一辆油壁车，遍游湖畔山间。在西湖偶遇阮郁，一见钟情，结成良缘。但不久，阮郁在京做官之父派人来催归。阮郁别后毫无音讯。苏小小曾慷慨解囊，资助贫困书生鲍仁上京赴试。后苏小小受人陷害入狱，身染重病，临终前，向身边侍候的人嘱咐道："我别无所求，只愿死后埋骨西泠。"应试登第的鲍仁后来遵照苏小小"埋骨西泠"的遗愿，就出资在西泠桥畔择地造墓，墓前立一石碑，上题"钱塘苏小小之墓"。苏小小的故事，最早出现于《玉台新咏》，而《乐府广题》也有相关记载。

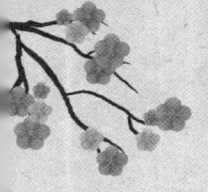

其五十六

一首长歌万恨来，
惹愁漂泊水难回。
崔徽①有底多头面，
费得微之尔许才。

【注释】

①崔徽：唐代歌妓。曾与裴敬中相爱，后别离时，托画家画了自己的画像寄给裴敬中，并表示："崔徽一旦不及画中人，且为郎死。"事见唐元稹的《崔徽歌序》。后多以指美丽多情或善画的少女。

宋代张君房《丽情集·崔徽》载："蒲女崔徽，同郡裴敬中为梁使蒲，一见为动，相从累月。敬中言还，徽不得去，怨抑不能自支。后数月，敬中密友知退至蒲，有丘夏善写人形，知退为徽致意于夏，果得绝笔。徽捧书谓知退曰：'为妾谢敬中，崔徽一旦不及卷中人，徽且为郎死矣。'明日发狂，自是弥疾，不复见客而卒。"

其五十七

昔年黄阁①识奇章，

爱说真珠似窈娘②。

若见红儿深夜态，

便应休说绣衣裳。

【注释】

①黄阁：丞相厅事阁。因汉代丞相府里的厅事门为黄色，故称为"黄阁"。

②窈娘：唐武则天时，左司郎中乔知之婢。

其五十八

凤折莺离恨转深，

此身难负百年心。

红儿若向隋朝见，

破镜①无因更重寻。

【注释】

①破镜：破镜重圆。

逸 事 典 故

唐孟棨《本事诗·情感》载："南朝陈太子舍人徐德言与妻乐昌公主恐国破后两人不能相保，因破一铜镜，各执其半，约于他年正月望日卖破镜于都市，冀得相见。后陈亡，公主没入越国公杨素家。德言依期至京，见有苍头卖半镜，出其半相合。德言题诗云：'镜与人俱去，镜归人不归；无复嫦娥影，空留明月辉。'公主得诗，悲泣不食。素知之，即召德言，以公主还之，偕归江南终老。"后便以"破镜重圆"喻夫妻离散或决裂后重又团聚或和好。

其五十九

行绾①秾云②立暗轩，

我来犹爱不成冤。

当时若见红儿貌，

未必邢相有此言。

【注释】

①行绾：古代女子满十五岁岁行绾发加笄礼，表示到了出嫁的年龄。

②秾：艳丽茂盛。

逸 事 典 故

南朝宋虞通之《妒记》载："桓司马以李势女为妾，桓妻拔刀往李所，欲斫之。见李在窗前梳头，发垂委地，姿貌绝丽，结发敛手，向主曰：'国破家亡，无心以至。若能见杀，犹生之年。'神色闲正。主乃掷刀抱之曰：'我见犹怜，何况老奴！'"

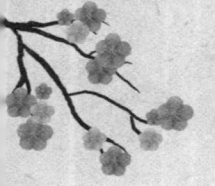

其六十

总似红儿媚态新，

莫论千度笑争春。

任伊孙武①心如铁，

不办军前杀此人。

【注释】

①孙武：又称孙子，字长卿，春秋末期齐国乐安（今山东省北部）人。春秋时期著名的军事家、政治家，被尊称为"兵圣"，著有《孙子兵法》十三篇。

逸　事　典　故

《史记·孙子吴起列传》：孙子武者，齐人也。以《兵法》见于吴王阖闾。阖闾曰："子之十三篇，吾尽观之矣，可以小试勒兵呼？"对曰："可。"阖闾曰："可试以妇人乎？"曰："可。"于是许之，出宫中美女，得百八十人。孙子分为二队，以王之宠姬二人各为队长，皆令持戟。令之曰："汝知而心与左右手、背乎？"妇人曰："知之。"孙子曰："前，则视心；左，视左手；右，视右手；后，即视背。"妇人曰："诺。"约束既布，乃设铁钺，即三令五申之。于是鼓之右，妇人大笑。孙子曰："约束不明，申令不熟，将之罪也。"复三令五申而鼓之左，妇人复大笑。孙子曰："约束不明，申令不熟，将之罪也；既已明而不如法者，吏士之罪也。"乃欲斩左右队长。吴王从台上观，见且斩爱姬，大骇，趣使使下令曰："寡人已知将军能用兵矣。寡人非此二姬，食不甘味，愿勿斩也。"孙子曰："臣既已受命为将，将在军，君命有所不受。"遂斩队长二人以徇。用其次为队长。于是复鼓之。妇人左右前后跪起皆中规矩绳墨，无敢出声。于是孙子使使报王曰："兵既整齐，王可试下观之，唯王所欲用之，虽赴水火犹可也。"吴王曰："将军罢休就舍，寡人不愿下观。"孙子曰："王徒好其言，不能用其实。"于是阖闾知孙子能用兵，卒以为将。西破楚，入郢，北威齐、晋，显名诸侯，孙子与有力焉。

其六十一

暖塘争赴荡舟期,

行唱菱歌①著艳词。

为问东山谢丞相②,

可能诸妓胜红儿。

【注释】

①菱歌:采菱之歌。南朝宋鲍照《采菱歌》:"箫弄澄湘北,菱歌清汉南。"唐王勃《采莲赋》:"听菱歌兮几曲,视莲房兮几珠。"

②谢丞相:谢安,字安石,陈郡阳夏(今河南省太康县)人,东晋时期政治家、名士。

东晋太元八年(383年),前秦的苻坚率领八十万大军攻打东晋,分水陆两路两军向江南逼近。这个消息传到建康,晋孝武帝和京城的文武官员非常恐慌。大家都希望谢安拿主意。但是他隐居在东山,不愿做官。当时在士大夫中间流传着一句话:"安石不肯出,将如苍生何?"他才又重新出山,击退苻坚。因为谢安长期隐居在东山,所谓"东山再起"源于此。

李白有诗:"谢公自有东山妓,金屏笑坐如花人。"

其六十二

吴兴皇后①欲辞家，

泽国重台展曙华。

今日红儿貌倾国，

恐须真宰别开花。

【注释】

①吴兴皇后：沈氏，今浙江省湖州市吴兴区人，唐代宗妃子，追尊睿真皇后。

　　睿真皇后姓沈，真实姓名不知，但民间多称她沈珍珠。沈氏出身名门，于唐玄宗开元末年，以良家子选入东宫。当时太子李亨（唐肃宗）见沈氏相貌出众，知书达礼，就将她赏赐给了自己的长子李俶做侍妾，李俶后来改名为李豫，也就是后来的唐代宗。

　　唐天宝元年（742年），沈氏在长安皇宫大内的东宫生下皇长曾孙李适，即日后的唐德宗。天宝十四年（755年），安史之乱中，玄宗仓皇出逃，而沈氏以及部分宗亲未能随驾出逃，被俘。次年，李豫收复洛阳，救出被关押

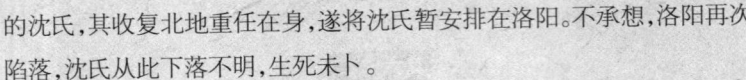

的沈氏,其收复北地重任在身,遂将沈氏暂安排在洛阳。不承想,洛阳再次陷落,沈氏从此下落不明,生死未卜。

在李豫继位后,寻找沈氏的这十多年中,还有不少人冒充沈氏进宫认亲,但是最后都发现她们是冒牌货。以后的年月里,寻找沈氏之事,历经了代宗、德宗、顺宗、宪宗四代皇帝,可惜,沈氏怎么也找不回来了。

永贞元年(805年),沈氏的曾孙唐宪宗即位,追尊沈氏为太皇太后,上谥号为睿真皇后。

其六十三

陌上行人歌黍离①，

三千门客②欲何之。

若教粗及红儿貌，

争取楼前斩爱姬。

【注释】

①黍离：《黍离》是中国古代第一部诗歌总集《诗经》中的一首诗。

②三千门客：门客作为贵族地位和财富的象征，最早出现于春秋时期。那时养客之风盛行，每一个诸侯国的公族子弟都有着大批的门客。

逸 事 典 故

《史记·平原君虞卿列传》中载："平原君家楼临民家。民家有躄者，槃散行汲。平原君美人居楼上，临见，大笑之。明日，躄者至平原君门，请曰：'臣闻君之喜士，士不远千里而至者，以君能贵士而贱妾也。臣不幸有罢癃之病，而君之后宫临而笑臣，臣愿得笑者之头。'平原君笑应曰：'诺。'躄者去，平原君笑曰：'观此竖子，乃欲一笑之故杀吾美人，不亦甚乎!'终不杀。

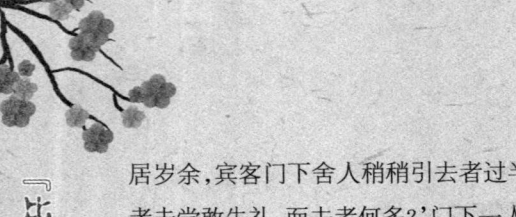

居岁余，宾客门下舍人稍稍引去者过半。平原君怪之，曰：'胜所以待诸君者未尝敢失礼，而去者何多?'门下一人前对曰：'以君不杀笑躄者，以君爱色而贱士，士即去耳。'于是平原君乃斩笑躄者美人头，自造门进躄者，因谢焉。其后门下乃复稍稍来。时齐有孟尝，魏有信陵，楚有春申，故争相倾以待士。"

其六十四

休话如皋一笑①时，

金镝②中臆③锦离披④。

陋容⑤枉把雕弓射，

射尽春禽未展眉。

【注释】

①如皋一笑：是指如皋射雉典故。

②金镝：铜铁制的箭。温庭筠《开成五年秋抱疾书怀寄友人一百韵》："粉堞收丹彩，金镝隐仆姑。"

③中臆：心胸。

④离披：零落分散的样子。

⑤陋容：指贾大夫貌丑。

● ● ● ■ ■ ■ ■ ■ ■ ■ 逸 事 典 故 ■ ■ ■ ■ ■ ■ ■ ■ ● ● ●

《左传·昭公二八年》载："昔贾大夫恶（丑），娶妻而美，三年不言不笑。御（驾车马）以如皋，射雉，获之，其妻始笑而言。贾大夫曰：'才之不可以已。我不能射，女遂不言不笑夫！'"意思是，贾大夫相貌长得丑，他漂亮的

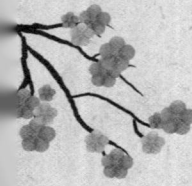

妻子三年不曾对他不言笑,待有一次,丈夫驾车马她去狩猎,当射获一只野鸡的,因发现丈夫还有如此技艺,方才一笑。后遂以如皋射雉、射雉、如皋一箭等表示以才华博得女子的欢心。

其六十五

长恨西风送早秋，

低眉深恨嫁牵牛[①]。

若同人世长相对，

争作夫妻得到头。

【注释】

①牵牛：此处指牛郎。

逸 事 典 故

　　南朝梁殷芸《小说》载："天河之东有织女，天帝之女也，年机杼劳役，织成云锦天衣，容貌不暇整。天帝怜其独处，许嫁河西牵牛郎，嫁后遂废织衽。天帝怒，责令归河东，许一年一度相会。涉秋七日，鹊首无故皆髡。相传是日河鼓与织女会于河东，役乌鹊为梁以渡，故毛皆脱。"见《月令广义·七月令》引文。这是较早从正面记叙牛郎织女故事的小说。

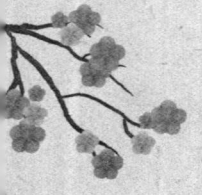

其六十六

谢娘①休漫逞风姿，

未必娉婷胜柳枝。

闻道只因嘲落絮②，

何曾得似杜红儿。

【注释】

①谢娘：东晋谢道韫。字令姜，陈郡阳夏（今河南省太康县）人。诗人，宰相谢安的侄女，安西将军谢奕的女儿，嫁给书圣王羲之次子王凝之。

②落絮：指谢道韫有咏絮之才的典故。

逸 事 典 故

南北朝刘义庆的《咏雪联句》记载："谢太傅寒雪日内集，与儿女讲论文义。俄而雪骤，公欣然曰：'白雪纷纷何所似？'兄子胡儿曰：'撒盐空中差可拟。'兄女曰：'未若柳絮因风起。'公大笑乐。"

其六十七

总传桃叶①渡江时，

只为王家一首诗②。

今日红儿自堪赋，

不须重唱旧来词。

【注释】

①桃叶：相传为王献之爱妾。今有桃叶渡在江苏省南京市秦淮河畔，相传因王献之在此送爱妾桃叶而得名。

②王家一首诗：指王献之为桃叶写了一首《桃叶歌》。

逸　事　典　故

桃叶渡是秦淮河上的一个古渡，又名南浦渡。之所以叫桃叶渡，是东晋时王羲之的儿子王献之，他经常在这里迎接他的爱妾桃叶渡河。那时内秦淮河水面阔，遇有风浪，若摆渡不慎，常会翻船。桃叶每次摆渡心里害怕，因此王献之为她写了一首《桃叶歌》："桃仙复桃叶，渡江不用楫，但渡无所苦，我自迎接汝。"后人为了纪念王献之，遂把他当年迎接桃叶的渡口命名为桃叶渡。

其六十八

巫山洛浦①本无情，

总为佳人便得名。

今日雕阴②有神艳，

后来公子莫相轻。

【注释】

①巫山洛甫：指巫山神女和洛水女神。

②雕阴：县名，秦置，治所现在陕西甘泉县南。

逸 事 典 故

宋玉《高唐赋》载："昔者先王尝游高唐，怠而昼寝，梦见一妇人曰：'妾，巫山之女也。为高唐之客。闻君游高唐，愿荐枕席。'王因幸之。去而辞曰：'妾在巫山之阳，高丘之阻，旦为朝云，暮为行雨。朝朝暮暮，阳台之下。'旦朝视之，如言。故为立庙，号曰'朝云'。"

相传，洛水之滨有洛神，三国魏曹植渡洛水时，因感战国楚宋玉对楚王与神女事，遂作《洛神赋》。后以"巫山""洛浦"二典合用。

其六十九

几抛云鬓恨金墉[1]，

泪洗花颜百战中。

应有红儿些子貌，

却言皇后[2]长深宫。

【注释】

①金墉：古城名。三国魏明帝时筑，为当时洛阳城（今河南省洛阳市东）西北角一个小城。魏王禅位于晋，出舍金墉城。

②皇后：此处指西晋武悼皇后杨芷。咸宁二年（276年），杨芷立为皇后，史称"婉嬺有妇德，美映椒房"，得宠于晋武帝。其父杨骏擅权，引起皇后贾南风忌恨。贾南风联络汝南王司马亮、楚王司马玮发动政变，杀死杨骏，并唆使大臣上书状告杨芷谋反，让晋惠帝司马衷将其贬为庶人，押到金墉城居住。

清代顾祖禹《读史方舆纪要·河南·洛阳县》中记载，嘉平六年（254年），司马师将魏帝曹芳废为齐王，拥立曹髦继位。曹芳迁于金墉。咸熙二

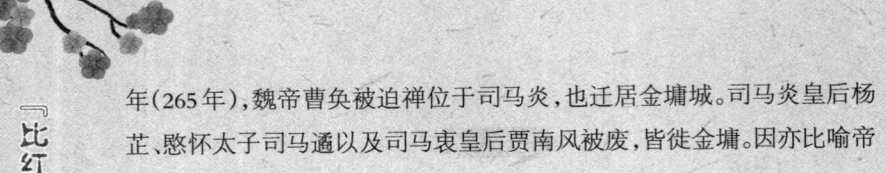

年（265年），魏帝曹奂被迫禅位于司马炎，也迁居金墉城。司马炎皇后杨芷、愍怀太子司马遹以及司马衷皇后贾南风被废，皆徙金墉。因亦比喻帝后被贬之所。

其七十

倚槛还应有所思，

半开东阁见娇姿。

可中得似红儿貌，

若遇韩朋①好杀伊。

【注释】

①韩凭：亦作"韩冯""韩朋"。战国时期宋国商丘人。

 逸　事　典　故

　　晋干宝《搜神记》载："宋康王舍人韩凭，娶妻何氏，美。康王夺之。凭
怨，王囚之，论为城旦。妻密遗凭书，缪其辞曰：'其雨淫淫，河大水深，日出
当心。'既而王得其书，以示左右；左右莫解其意。臣苏贺对曰：'其雨淫淫，
言愁且思也；河大水深，不得往来也；日出当心，心有死志也。'俄而凭乃自
杀。其妻乃阴腐其衣。王与之登台，妻遂自投台；左右揽之，衣不中手而死。
遗书于带曰：'王利其生，妾利其死，愿以尸骨，赐凭合葬！'王怒，弗听，使
里人埋之，冢相望也。王曰：'尔夫妇相爱不已，若能使冢合，则吾弗阻也。'
宿昔之间，便有大梓木生于二冢之端，旬日而大盈抱。屈体相就，根交于

下,枝错于上。又有鸳鸯雌雄各一,恒栖树上,晨夕不去,交颈悲鸣,音声感人。宋人哀之,遂号其木曰相思树。相思之名,起于此也。南人谓此禽即韩凭夫妇之精魂。今睢阳有韩凭城。其歌谣至今犹存。"

其七十一

晓向妆台与画眉，

镜中长欲助娇姿。

若教得似红儿貌，

走马章台①任道迟。

【注释】

①章台：汉朝长安章台下街名，是一条繁华的街道。旧时也是妓院的代称。

 逸事典故

《汉书·张敞传》载："(张)敞为京兆，朝廷每有大议，引古今，处便宜，公卿皆服，天子数从之。然敞无威仪，时罢朝会，过走马章台街，使御史驱，自以便面拊马。"

说的是汉宣帝时，京兆尹张敞处理朝廷政务很有才干，颇得皇帝的赏识和大臣们的认同。但张敞平为人平和，毫无官架子。上朝回来，他常从热闹的章台街经过，让御史赶马，自己用扇子遮面拍马前行。后以此典咏京都繁华之处，也慢慢发展成为指娼楼妓馆或游乐场所。

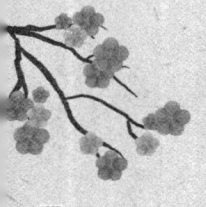

其七十二

练得霜华①助翠钿，

相期朝谒玉皇前。

依稀有似红儿貌，

方得吹箫②引上天。

【注释】

①霜华：亦作"霜花"，有月光的意思，也可解读为霜的光气。

②吹箫：指吹箫引凤的典故。

逸 事 典 故

《列仙传》中记载，春秋时，秦穆公有一个女儿，名叫弄玉，姿容绝世，喜好音律，善于吹笙，声如凤鸣。秦穆公在宫内筑凤楼让她居住，楼前筑有高台，名叫凤台。一日，弄玉梦见一男子说："我是太华山（即华山）的主人，上帝命我与你缔结姻缘。"并以玉笙为之吹奏《华山吟》第一弄。弄玉遂将梦中情景告诉穆公，穆公遂派大臣孟明到华山寻访。

孟明在华山找到一位擅长吹箫的人，名叫萧史，同载而归。孟明引萧史拜见穆公，穆公让他吹奏。萧史奏第一曲，清风习习而来；奏第二曲，彩云四合；奏第三曲，见白鹤成对，翔舞于空中，孔雀数双，栖集于林际，一时百鸟和鸣，经时方散。穆公遂将女儿弄玉嫁给他，夫妻和睦，恩爱甚笃。

萧史教弄玉吹箫，学会《来凤之曲》。有天晚上，夫妇在月下吹箫，竟有紫凤飞来聚于凤台之左，赤龙飞来盘踞凤台之右。萧史说："我本是天上神仙，上帝看人间史籍散乱，命我下凡整理……周人以我有功于史，就称我为萧史，到今天，我已经经历了一百多年的沧海桑田。上帝命我为华山之主，与你有凤缘，故以箫声作合，成就了这段姻缘。然而我不能久住人间，今龙凤来迎，可就此离去。"于是，萧史乘赤龙，弄玉乘紫凤，自凤台翔云而去。

其七十三

重门深掩几枝花，

未胜红儿莫大夸。

王相①不能探物理，

可能虚上短辕车②。

【注释】

①王相：指王导。

②短辕车：原指牛车或粗陋小车。后比喻妻子生性妒忌。

逸　事　典　故

《艺文类聚》卷三五引《妒记》曰："王丞相（导）曹夫人，性甚忌，禁制丞相，不得有侍御。时有妍少，必加诮责。王公不能久堪，乃密营别馆，众妾罗列，男女成行。后元会日，夫人于青疏中观望，忽见两三小儿骑羊，皆端正。夫人语婢云：'汝出问，此是谁家儿？奇可念。'给使不达旨，乃云：'此是第四五等诸郎。'曹氏惊悲，不能自忍，乃命驾车，将黄门及婢二十人，持食刀，欲自出寻讨。王公亦飞辔出门，犹患迟，乃以左手攀车栏，右手提麈尾，以柄打牛,狼狈奔驰,方得先至。蔡司徒闻之,乃谓三日:'朝廷欲加九锡公知否?'王为信,自叙谦志。蔡曰:'不闻加余物,唯闻短辕犊车、长柄隆麈尔。'王大羞愧。"

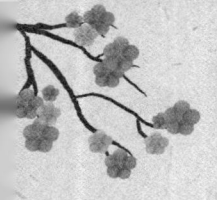

其七十四

前代休怜事可奇，

后来还出有光辉。

争知昼卧纱窗里，

不见神人覆玉衣^①。

【注释】

①神人覆玉衣：三国时，魏文帝皇后甄后幼时睡眠常似有人持玉衣为她盖在身上。后用为称美后妃或女子主富贵有奇缘之典。

 逸 事 典 故

《三国志》卷五《魏书·文昭甄皇后传》中记载，南朝宋裴松之注引王沈《魏书》曰："逸娶常山张氏，生三男五女：长男豫，早终；次俨，举孝廉，大将军掾、曲梁长；次尧，举孝廉；长女姜，次脱，次道，次荣，次即后。后以汉光和五年十二月丁酉生。每寝寐，家中仿佛见如有人持玉衣覆其上者，常共怪之。逸薨，加号慕，内外益奇之。后相者刘良相后及诸子，良指后曰：'此女贵乃不可言。'"

其七十五

化羽①尝闻赴九天，

只疑尘世是虚传。

自从一见红儿貌，

始信人间有谪仙②。

【注释】

①化羽：羽化，一般是形容人修炼得道、羽化登仙的含义。

②谪仙：谪居世间的仙人，常用以称誉才学优异的人。

其七十六

从道长陵小市东①，

巧将花貌占春风。

红儿若是同时见，

未必伊先入紫宫②。

【注释】

①长陵小市东：长陵邑东面的小集市。

②紫宫：皇宫。

逸　事　典　故

《汉书·外戚传第六十七上》载："初，皇太后微时所为金王孙生女，俗在民间，盖讳之也。武帝始立，韩嫣白之。帝曰：'何为不早言？'乃车驾自往迎之。其家在长陵小市，直至其门，使左右入求之。家人惊恐，女逃匿。扶将出拜，帝下车立曰：'大姊，何藏之深也？'载至长乐宫，与俱谒太后，太后垂涕，女亦悲泣。帝奉酒，前为寿。钱千万，奴婢三百人，公田百顷，甲第，以赐姊。太后谢曰：'为帝费。'因赐汤沐邑，号修成君。男女各一人，女嫁诸侯，男号修成子仲。以太后故，横于京师。太后凡立二十五年，后景帝十五岁，元朔三年崩，合葬阳陵。"

其七十七

人间难免是深情，

命断红儿向此生。

不似前时李丞相①，

枉抛才力为莺莺②。

【注释】

①李丞相：指李绅，字公垂，亳州谯县古城人（今安徽省亳州市谯城区古城镇）人。

②莺莺：指崔莺莺。李绅与元稹相熟，曾写有《莺莺歌》。该作后保存在《西厢记诸宫调》中。

逸 事 典 故

《莺莺传》是唐代传奇小说，由元稹编撰。主要讲述的是贫寒书生张生对没落贵族女子崔莺莺始乱终弃的悲剧故事。当年张生旅居蒲州普救寺时，刚碰到兵乱，写信给好友出兵，同时也救护了同寓寺中的远房姨母郑氏一家。在郑氏的答谢宴上，张生对表妹莺莺一见倾心，婢女红娘传书，几经反复，两人终于花好月圆。后来张生赴京应试未中，滞留京师，与莺莺情

书来往，互赠信物以表深情。但最后张生还是始乱终弃，认为莺莺是天下之"尤物"，借口自己"德不足以胜妖孽"，只好割爱。一年多后，莺莺另嫁，张生也另娶。

其七十八

凤舞香飘绣幕风①，

暖穿驰道②百花中。

还缘有似红儿貌，

始道迎将入汉宫。

【注释】

①幕风：风幕，挡风的帷幕。

②驰道：中国历史上最早的"国道"，始于秦朝。秦始皇统一全国后第二年（前220），就下令修筑以咸阳为中心、通往全国各地的驰道。

其七十九

休道将军①出世才，

尽驱诸妓②下歌台。

都缘没个红儿貌，

致使轻教后阁③开。

【注释】

①将军：此处指王莽。

②诸妓：暗指赵合德、赵飞燕，姐妹二人先后被王莽逼杀。

③后阁：亦作"后合"，宫后便殿。典出《汉书·王莽传下》："壬午，烈风毁王路西厢及后阁更衣中室。"

其八十

冯媛①须知住汉宫，

将身只是解当熊。

不闻有貌倾人国，

争得今朝更似红。

【注释】

①冯媛：汉元帝刘奭的妃子。

逸 事 典 故

冯媛是上党潞县(今山西潞安)人，左将军、光禄勋冯奉世的长女，也是汉平帝刘衎的祖母。

建昭元年(前38年)，汉元帝前往虎圈，观赏野兽搏斗，妃嫔们都在座奉陪。一只熊突然跳出圈外，攀着阑杆想上殿堂。汉元帝左右的侍从、贵族包括傅昭仪在内的妃嫔们，都惊慌逃命。只有冯媛，一直向前站着挡住熊。左右侍从杀了熊。汉元帝问冯媛说："人人恐惧，你为什么上前阻挡熊?"冯媛说："猛兽凶性发作，只要抓着一个人，就会停止攻击，我恐怕它直扑陛下的座位，所以以身阻挡它。"汉元帝感激惊叹，对冯媛倍加敬重。

其八十一

能将一笑使人迷，
花艳何须上大堤。
疏属①便同巫峡②路，
洛川③真是武陵溪④。

【注释】

①疏属：山名。隋王通《中说·事君》："疏属之南，汾水之曲，有先人之敝庐在，可以避风雨。"

②巫峡：长江三峡之一。

③洛川：地名，陕西洛川。

④武陵溪：指代幽美清净、远离尘嚣的地方。出自陶渊明《桃花源记》一文。

其八十二

辞辇^①当时意可知，

宠深还恐宠先衰。

若教得似红儿貌，

占却君恩自不疑。

【注释】

①辞辇：指班婕妤拒绝与皇帝同车的故事。辇，指皇帝、皇后坐的车。

据《汉书·外戚传下·孝成班婕妤》中记载，汉成帝为了能够时刻与班婕妤形影不离，特别命人制作了一辆较大的辇车，可当成帝命她同车出游时，这在宫女眼里求之不得的大好事，却被班婕妤正色拒绝。她委婉地对成帝说："赏评古代留下的图画，圣贤之君，都是大臣在旁边陪同，亡国之君才与嬖幸的妃子一起就座。如果今天要我与你同车进出，岂不和亡国之君一样了吗？"汉成帝一细想，班婕妤说得很有道理，于是长叹了一口气，同辇出游的愿望只好作罢。这事后来被成帝的母亲王政君听说了，大为感慨地对左右说："古有樊姬，今有班婕妤。"

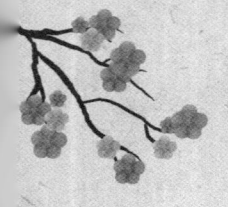

其八十三

三吴时俗重风光，

未见红儿一面妆。

好写妖娆与教看，

便应休更话真娘①。

【注释】

　　①真娘：唐时吴中名妓，本名胡瑞珍。唐范摅《云溪友议》卷六载："真娘者，吴国之佳人也。"

　　真娘，本名胡瑞珍，唐代苏州名妓，出生于京都长安一书香门第。从小聪慧、娇丽，擅长歌舞，工于琴棋，精于书画。为了逃避安史之乱，随父母南逃，路上与家人失散，流落苏州，被诱骗到山塘街"乐云楼"妓院。因真娘才貌双全，很快名噪一时，但她只卖艺，不卖身，守身如玉。其时，苏城有一富家子弟叫王荫祥，人品端正，还有几分才气。偏偏爱上青楼中的真娘，想娶她为妻。真娘因幼年已由父母作主，有了婚配，只得婉言拒绝。王荫祥还是不罢休，用重金买通老鸨，想留宿于真娘处。真娘觉得难以违抗，为保贞

124

洁,悬梁自尽。王荫祥得知后,懊丧不已,悲痛至极,斥资厚葬真娘于名胜虎丘,并刻碑纪念,栽花种树于墓上,称"花冢",并发誓永不再娶。文人雅士每过真娘墓,对绝代红颜不免怜香惜玉,纷纷题诗于墓上。

传说,茉莉花在真娘死前没有香味,死后其魂魄附于花上,从此茉莉花就带有了香味,所以茉莉花又称香魂,茉莉花茶又称为香魂茶。虎丘周边的花农以此窨茶制成茉莉花茶。

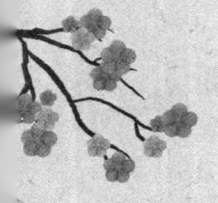

其八十四

波平楚泽①浸星辰，

台②上君王宴早春。

毕竟章华会中客，

冠缨虚绝③为何人。

【注释】

①楚泽：古楚地有云梦等七泽。后以"楚泽"泛指楚地或楚地的湖泽。

②台：阳台，又叫楚王台，在重庆巫山。相传为楚襄王梦遇神女处。唐杜甫《奉寄李十五秘书文嶷》："暂留鱼复浦，同过楚王台。"

③冠缨虚绝：指楚庄王的绝缨之会。

逸 事 典 故

汉刘向《说苑·复恩》中记载："楚庄王宴群臣，日暮酒酣，灯烛灭。有人引美人之衣。美人援绝其冠缨，以告王，命上火，欲得绝缨之人。王不从，令群臣尽绝缨而上火，尽欢而罢。后三年，晋与楚战，有楚将奋死赴敌，卒胜晋军。王问之，始知即前之绝缨者。后遂用作宽厚待人之典。"

其八十五

红儿不向汉宫生，

便使双成①谩得名。

疑是麻姑②恼尘世，

暂教微步下层城。

【注释】

①双成：董双成，西王母的侍女。汉班固《汉武内传》记载："王母乃命诸侍女王子登弹八琅之璈，又命侍女董双成吹云和之笙，石公子击昆庭之金，许飞琼鼓震灵之簧……"

②谩：徒，空。

③麻姑：唐朝时人，姓黎，字琼仙，先入宫为宫人，后在麻姑山丹霞宛陵洞天（相传在江西南城县城西，道教三十六洞天之一）修道，并于此得道成仙。事见唐颜真卿《麻姑仙坛记》碑文。

■ ■ ■ ■ ■ ■ ■ ■ 逸 事 典 故 ■ ■ ■ ■ ■ ■ ■ ■

麻姑，道教尊为虚寂冲应真人。据《神仙传》记载，其为女性，修道于牟州东南姑馀山（今山东烟台市牟平区），东汉时应仙人王方平之召降于蔡经家,年十八九,貌美,自谓"已见东海三次变为桑田"。故古时以麻姑喻高寿。又流传有三月三日西王母寿辰,麻姑于绛珠河边以灵芝酿酒祝寿的故事。过去中国民间为女性祝寿多赠麻姑像,取名麻姑献寿。

其八十六

天碧轻纱只六铢^①，

宛如含露透肌肤。

便教汉曲争明媚，

应没心情更弄珠^②。

【注释】

①六铢：佛经称忉利天衣重六铢，谓其轻而薄。后称佛、仙之衣为"六铢衣"。

②弄珠：玩珠，指汉皋二女事。《文选·张衡〈南都赋〉》："耕父扬光于清冷之渊，游女弄珠于汉皋之曲。"

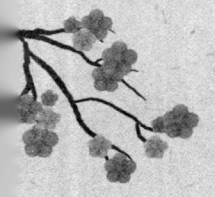

其八十七

共嗟含恨向衡阳，

方寸花笺寄沈郎①。

不似红儿些子貌，

当时争得少年狂。

【注释】

①沈郎：沈约，字休文，吴兴郡武康县(今浙江省德清县)人。南朝梁开国功臣，政治家、文学家、史学家。

其八十八

浅色桃花亚①短墙，

不因风送也闻香。

凝情尽日君知否，

还似红儿淡薄妆。

【注释】

①亚：通"压"。杜甫《上巳日徐司录林园宴集》诗："鹥毛垂领白，花蕊亚枝红。"

其八十九

火色①樱桃摘得初，

仙宫只有世间无。

凝情尽日君知否，

真似红儿口上朱。

【注释】

①火色：指赤红色。

其九十

宿雨①初晴春日长，

入帘花气静难忘。

凝情尽日②君知否，

真似红儿舞袖香。

【注释】

①宿雨：整夜的雨或多日连续下雨。

②尽日：终日，整天。

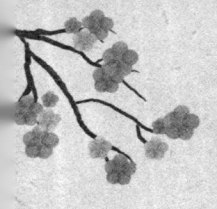

其九十一

初月纤纤①映碧池，

池波不动独看时。

凝情尽日君知否，

真似红儿罢舞眉②。

【注释】

①初月纤纤：两头尖细的新月。鲍照《玩月城西门廨中》诗："始见西南楼，纤纤如玉钩。"

②舞眉：美好柔媚的姿容。

其九十二

浓艳浓香雪压枝，

袅烟①和露②晓风吹。

红儿被掩妆③成后，

含笑无人独立时。

【注释】

①袅烟：轻烟徐徐地回旋上升。

②和露：糅合着晨露。

③掩妆：卸妆。

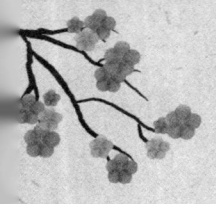

其九十三

楼上娇歌裛夜霜^①，

近来休数踏歌^②娘。

红儿谩^③唱伊州^④遍，

认取轻敲玉韵^⑤长。

【注释】

①夜霜：寒夜。

②踏歌：亦作"蹋歌"，是一种古老的舞蹈形式，源自民间。汉代兴起，到了唐代更是风靡盛行。唐储光羲《蔷薇篇》："连袂蹋歌从此去，风吹香去逐人归。"

③谩：通"漫"。

④伊州：曲调名。商调大曲。《新唐书·礼乐志十二》："天宝乐曲，皆以边地名，若《凉州》《伊州》《甘州》之类。"

⑤玉韵：对他人诗文的美称。

其九十四

金粟①妆成扼臂环，
舞腰②轻薄瑞云间。
红儿生在开元末，
羞杀新丰谢阿蛮③。

【注释】

①金粟：首饰上的金星。

②舞腰：腰肢柔软，舞姿轻盈。

③谢阿蛮：唐京兆新丰（今陕西临潼）人。玄宗时女伶，善《凌波油》。

逸事典故

　　谢阿蛮，盛唐时歌舞名妓，临潼人。原为民间艺人，从小入外教坊习舞，以色艺俱全选入宫廷内教坊，又得名师传授。后因唐玄宗梦作《凌波曲》，谢阿蛮为之配舞，从此名振宫中。据说，谢阿蛮虽名在乐籍中，却于内侍省列册，享受有正五品俸酬，是个极为特殊的人物。据宋代乐史《杨太真外传》载，阿蛮演出《凌波曲》，唐玄宗亲自打羯鼓，另有宁王（唐玄宗的哥

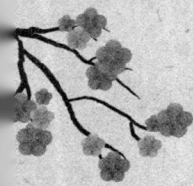

哥李宪)吹玉笛,杨贵妃弹琵琶。马仙期(宫中乐工)击方响,李龟年(宫中乐工)吹觱篥,张野狐(宫中乐工)弹箜篌,贺怀智(宫中乐工)拍板为其伴奏。

其九十五

君看红儿学醉妆①，

夸裁宫襦②研裙③长。

谁能更把闲心力，

比并当时武媚娘。

【注释】

①醉妆：一种流行于五代时前蜀的装扮。前蜀王衍的后宫，戴金莲花冠，着道士服，酒酣后免冠，更施朱粉，称为"醉妆"。

②宫襦：是宫中所制丝织品上对称式的印花。

③研裙：指的是用研罗制的裙，又叫研罗裙。

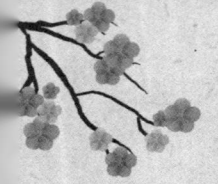

其九十六

栀子同心①裛②露垂，

折来深恐没人知。

花前醉客频相问，

不赠红儿赠阿谁。

【注释】

①栀子同心：在古代，栀子曾被作为男女结同心的信物。

②裛：通"浥"。湿润的露水。

其九十七

云间翡翠①一双飞，

水上鸳鸯不暂离。

写向人间百般态，

与君题作比红诗。

【注释】

①翡翠：翡翠鸟。雄赤曰翡，雌青曰翠。在中国古代，翡翠是一种鸟的名字，其毛色十分艳丽。通常有蓝、绿、红、棕等颜色，一般雄鸟为红色，雌鸟为绿色。

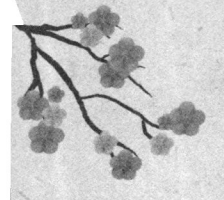

其九十八

旧恨①长怀不语中，

几回偷泣向春风。

还缘不及红儿貌，

却得生教入楚宫②。

【注释】

①旧恨：旧有的愁恨。

②楚宫：楚王宫。

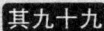

其九十九

一舸①春深指鄂君②，

好风从度水成纹。

越人若见红儿貌，

绣被应羞彻夜薰。

【注释】

①一舸：船，杜牧诗句"西子下姑苏，一舸逐鸱夷"，咏西施随范蠡乘船隐居事。

②鄂君：指鄂君子皙。春秋时代，楚王母弟，官为令尹，爵为执珪。越人悦其美，因作《越人歌》，以求"交欢尽意"。见汉刘向《说苑·善说》。

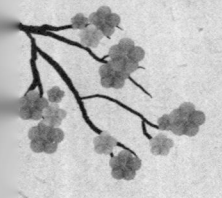

其一百

花落尘中玉堕泥[①]，

香魂应上窈娘堤[②]。

欲知此恨无穷处，

长倩城乌[③]夜夜啼。

【注释】

①玉堕泥：玉石堕泥，不为污。

②窈娘堤：与魏王堤、波月堤、斗亭等是洛河两岸较著名的景点。

③城乌：城头上的乌鸦。

逸　事　典　故

　　民间传说，窈娘看到乔知之送来的诗，益加思念乔知之，伤心痛哭，饭食不下，将诗绢藏于裙带中，偷跑出武府。她刚刚跑出正南的应天门（今周公庙和洛阳日报社之间）不远，武家的爪牙就追来了。窈娘不愿重落虎口，就跳进附近一口井中而亡。

　　爪牙们打捞出窈娘，武承嗣发现了她裙带里藏的诗绢，恨得咬牙切齿，就罗织个罪名，将乔知之及家人杀害了。许是洛神也同情窈娘的遭遇，据说这日河水暴涨，冲毁了坚固的天津桥，一直漫到窈娘投井处，淤填了这口深井。

后来，天津桥北岸重修了河堤，百姓们同情那对不畏权势、生死相爱的主婢，就叫这段河堤为"窈娘堤"。

参 考 资 料

［1］司马光.资治通鉴[M].北京:中华书局,2011.

［2］房玄龄等.晋书·石苞传[M].北京:中华书局,2020.

［3］李延年.北史·卷十四·列传第二[M].北京:中华书局,1974.

［4］魏徵.隋书·卷二十三·志第十八[M].北京:中华书局,1973.

［5］令狐德棻.周书·卷十三·列传第五[M].北京:中华书局,1971.

［6］姚思廉.陈书·卷六·本纪第六[M].北京:中华书局,1972.

［7］李延寿.南史·卷十二·列传第二[M].北京:中华书局,1974.

［8］高适集校注[M].上海:上海古籍出版社,1984.

［9］千家诗[M].长春:长春古籍出版社,1982.

［10］后汉书[M].北京:中华书局,1965.

［11］班固.汉书·匈奴传[M].北京:中华书局,1975.

［12］萧子显.南齐书·卷七·本纪第七·东昏侯[M].北京:中华书局,1972.

［13］墨子[M].北京:中华书局,2011.

［14］赵晔.吴越春秋·佚文[M].南京:江苏古籍出版社,1986.

［15］袁康,吴平辑录.越绝书[M].上海:上海古籍出版社,1985.

［16］冯梦龙.东周列国志[M].北京:人民文学出版社,1979.

［17］葛洪撰,周天游校注.西京杂记校注[M].北京:中华书局,2020.

［18］孟启.本事诗[M].北京:中华书局,2014.

［19］刘昫.旧唐书[M].北京:中华书局,1975.

［20］曹植著,赵幼文校注,曹植集校注［M］.北京:中华书局,2016.

［21］刘义庆.世说新语［M］.北京:中华书局,2009.

［22］萧统.昭明文选［M］.北京:中华书局,1997.

［23］李昉.太平御览［M］.北京:中华书局,1960.

［24］陈寿.三国志［M］.北京:中华书局,1975.

［25］欧阳修,宋祁.新唐书［M］.北京:中华书局,2003.

［26］郑处诲.明皇杂录［M］.北京:中华书局,1994.

［27］李昉等编.太平广记［M］.北京:中华书局,1961.

［28］袁珂.山海经［M］.上海:上海古籍出版社,1980.

［29］刘向.列女传［M］.北京:言实出版社,2017.

［30］徐宗元辑.帝王世纪辑存［M］.北京:中华书局,1964.

［31］独异志［M］.北京:商务印书馆,1959.

［32］彭定求编.全唐诗［M］.北京:中华书局,2003.

［33］赖永海,高永旺译注.维摩诘经［M］.北京:中华书局,2010.

［34］谢青云译注.神仙传［M］.北京:中华书局,1917.

［35］干宝.搜神记［M］.北京:中华书局,1979.

［36］司马迁.史记［M］.北京:中华书局,2013.

［37］冯梦龙.情史类略［M］.湖南:岳麓书社,1984.

［38］沈约.宋书［M］.北京:中华书局,1974.

［39］刘利.纪凌云译注.左传［M］.北京:中华书局,2007.

［40］刘斧.青琐高议［M］.上海:上海古籍出版社,2012.

［41］林家骊译注.楚辞［M］.北京:中华书局,2009.

［42］陈广忠译注.淮南子［M］.北京:中华书局,2012.

［43］括地志［M］.北京:中华书局,1991.

［44］王兴芬译注.拾遗记［M］.北京:中华书局,2019.

［45］欧阳询.艺文类聚［M］.上海:上海古籍出版社,1995.

［46］孔子家语［M］.北京:中华书局,2011

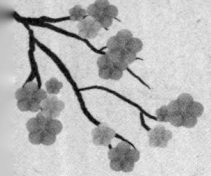

［47］杜光庭.墉城集仙录［M］.北京:中国文史出版社,2000.

［48］许慎.说文解字［M］.北京:九州出版社,2006.

［49］刘向.说苑校正［M］.北京:中华书局,1987.